U0908530

读者文摘全集精华版·励志故事

冯有才　主编

DUZHE WENZHAI QUANJI JINGHUA BAN LIZHI GUSHI

北京工业大学出版社

图书在版编目（CIP）数据

读者文摘全集精华版·励志故事 / 冯有才主编. —北京：北京工业大学出版社，2018.7
ISBN 978-7-5639-5980-8

Ⅰ.①读… Ⅱ.①冯… Ⅲ.①故事－作品集－中国－当代 Ⅳ.①I247.81

中国版本图书馆CIP数据核字（2018）第006470号

读者文摘全集精华版·励志故事

主　　编：冯有才
责任编辑：王　喆
装帧设计：同人阁文化传媒
出版发行：北京工业大学出版社
（北京市朝阳区平乐园100号　邮编：100124）
010-67391722（传真）bgdcbs@sina.com
出 版 人：郝　勇
经销单位：全国各地新华书店
承印单位：香河利华文化发展有限公司
开　　本：880毫米×1230毫米　1/32
印　　张：8
字　　数：189千字
版　　次：2018年7月第1版
印　　次：2018年7月第1次印刷
标准书号：ISBN 978-7-5639-5980-8
定　　价：26.80元

阅读是一种修行

曾几何时，城市的灯红酒绿与灯火阑珊映红了越来越多的脸颊，读书反倒成了一种奢侈。报刊亭越来越少，新华书店里也只有中小学生的身影，取而代之的，是越来越浓的商业气息，以及手机的全功能了。

我出生在20世纪80年代，处于一个尴尬的年龄段。没赶上七八十年代纯文学的火热，也没有赶上当下年轻人的潮流思想。但在我的成长中，读书是最令自己欣慰和幸福的事儿。可惜家里没有条件，书基本上是借来的，内容当然也是五花八门，既有中外历史名著，又有武侠小说，还有当代纯文学，当然，我最爱看的还是那些沁人心脾的心灵类期刊，比如《读者》《青年文摘》《辽宁青年》等。

切莫笑话我落伍。当下心灵鸡汤已泛滥成灾，您得想一想，当一个人在文字间寻求心灵自我都被嘲笑的时候，这个时代是怎样的可怕？更可怕的，就是自己不知道自己每日也在如此生活。

这些年，我去过不少城市，唯一印象深刻的，就是安徽省黄山市休宁县。这是一个皖南小县城。与全国其他大县相比，它毫不起眼，甚至可以说是微不足道。然而，它有一张名片让人印象深刻——全国状元县。这是古代出状元最多的县城。底蕴深厚的人文环境让历史中的文化人拼命汲取知识，考取功名。我在休宁住宿的那个晚上，特意逛了一下街，KTV、茶楼、棋牌室不多见，新华书店则营业到很晚很晚，且买书、看书的人不在少数，这的确令人欣慰与振奋。但愿当下的休宁依旧如故。

读书无关年龄，能看书尽量多看看书，给自己一个提升品位、净化心灵的机会，人生才能充实而又有意义。商业气息过于浓烈，心怎样才能静下来？这或许会影响个人的行为或决策。

看看书吧，给孩子一种榜样的力量！

看看书吧，给自己一次心灵的沉淀！

是为序。

冯有才

2017年11月15日

第一章　每天进步一点点

第二章　把握人生的时钟

第三章　帆不可以停止选择风向

第四章　意外的沙滩，建不起成功的大厦

第五章 智慧是人生的梳子

第六章 用快乐做心灵的外衣

第七章　如果你对生活微笑

第一章

每天进步一点点

是兔子就要在兔子的起点上进步，做一只不骄傲的兔子，不必回望乌龟而得意；是乌龟就要在乌龟的水准上进步，做一只面对现实的乌龟，无须前瞻兔子而自卑。

无论是兔子还是乌龟，都得进步，都得一天一天、一点一点地进步，也只有这样的进步才是踏实可靠的，才能彰显出懂得进步的意义与价值。

“不可能”也是一种动力

文|路勇

学生时代，我的作文写得很糟，老师念范文时从来不考虑我。有一次，老师还将我列为“反面典型”，让我上讲台念自己十分差劲的文章，最终成为被同学们嘲笑的对象。

从那以后，我开始广泛阅读中外名著和优秀范文，还对要好的同学说：“我要好好写文章，把文章发表在报纸上。未来的某一天，我还要公费出版一本自己的书。”听我这么说，同学们都很惊讶：“你是不是疯了？连老师布置的作文都写不好，你还指望在报纸上发表文章？还痴心妄想要出一本书？这是不可能的事情。”

坦白地说，我当时并不生同学的气，反倒是他们嘴里的“不可能”，让我实现梦想的热情愈发高涨。没多久，我的处女作在报纸上发表，同学不由得对我刮目相看，而我对写作的热情也与日俱增。后来，写作这个爱好一直陪伴着我，甚至到我正式进入工作岗位，我都坚持每天写一篇文章。十多年后，我的第一本书终于出版了，我不仅拿到散发着油墨香的样书，还得到了一笔可观的稿费。前些天，老同学在我的博客看到消息，非常兴奋地打来电话，“恭喜你，大勇，你把不可能变成可能了。”

对于我这样的平凡人，把不可能变成可能，或许能实现人生的小梦想。而换到明星名人，或许不可能变成可能，便可以创造一个时代的传奇。

孙楠是大家都熟悉的歌坛巨星，走入歌坛之前，他曾经做过油漆工，每天穿着沾满油漆的脏衣服工作，辛辛苦苦干了三天，竟然只拿到两块六毛钱。可是，孙楠没办法辞职，因为如果不好好干，就失去赖以生存的饭碗。不过，孙楠心底却藏着一个歌星梦，他无时无刻不向往着五光十色的舞台。很多时候，孙楠边给家具或墙壁刷油漆，边唱着当时流行的通俗或美声的歌曲。孙楠还对自己的工友说："总有一天，我要到舞台上唱歌给你们听，我要唱歌给全国人民听。"工友回复孙楠的话，除了"干活，干活"，就是"不可能"。

或许正是工友嘴里的不可能，让孙楠一颗本来就不安定的心更加蠢蠢欲动了。后来，孙楠成了地地道道的北漂一族，住在阴冷潮湿的地下室，吃不起肉就每餐吃土豆。然而，把不可能变成可能的决心，让孙楠从来没有想过放弃。慢慢地，孙楠由自弹自唱到登上小舞台演唱，后来又走向绚烂的大舞台。最终，他以一首脍炙人口的《你快回来》红遍大江南北，并成为内地歌坛当之无愧的明星。

在我们的人生中，有许许多多的不可能，它们也许是我们面前的大山，也许是我们前方的荆棘，还可能是我们路上的障碍。其实，不管是凡人的小梦想，还是巨星的大梦想，在实现的过程中，往往都要顶着旁人的否认、蔑视和嘲笑，把"不可能"当作一种动力，最终找到通往成功的道路。

原载于《格言》

50岁逐梦也不迟

文|路勇

静下来想想我们的未来：50岁，半百之年的我们开始倒数，期待退休时刻快点到来；60岁，花甲之年的我们没了工作的负担，游山玩水成为我们晚年的乐趣；70岁，古稀之年的我们步履蹒跚，坐在摇椅上回忆着光辉或平凡的岁月。

再看看葡萄牙作家萨拉马戈的人生经历：25岁出版第一本小说未获成功的他，50岁时重新开始笔耕不辍的生活；60岁时，他才凭借以18世纪的宗教审判隐喻葡萄牙后独裁时代的小说《修道院纪事》成名；而以作品《失明症漫记》获得诺贝尔文学奖时，他已经是76岁的高龄了。

25岁到50岁，这应该是一个作家思想活跃、文笔日臻成熟的阶段，也是非常容易出成绩的阶段。可是，老天却和萨拉马戈开了个大大的玩笑，第一本小说的出版让他由焊工成为作家，可是随后的二十多年却没让他在文学上获得更大的成绩。这二十多年，萨拉马戈开始了新闻报道和戏剧创作的生涯，虽然和文字依旧有着紧密的联系，但与文学的梦想却有了不小的偏离。

或许很多人都认为，萨拉马戈不会再有新的作品问世，更不会获得举世瞩目的成就。可是，萨拉马戈心底怀揣着追逐诺贝尔文学奖的理想，这样的理想从来不曾在他的心底冷却过。当萨拉马戈50岁那年，选择重新以写作为业时，身边的亲友们吓了一大跳。只有一位非常要好的老友鼓励萨拉马戈："50岁逐梦也不迟，加油吧，伙计。"

《修道院纪事》出版时，这位老友因病去世了，萨拉马戈无比悲伤。在感叹岁月无情的同时，萨拉马戈更加勤奋地写作，完成了包括《失明症漫记》在内的多部优秀作品。后来，《失明症漫记》获得了诺贝尔文学奖，获奖理由是："由于他那极富想象力、同情心和颇具反讽意味的作品，我们得以反复重温那一段难以捉摸的历史。"

萨拉马戈获得了姗姗来迟的肯定和荣誉，当然要感谢忠实的读者和诺贝尔文学奖的评委，但是更应该感谢自己50岁开始逐梦的决心。或许正是意识到自己渐渐步入老年，才逼迫萨拉马戈拼尽全力去达到目标，去开拓自己的无限潜力。就像萨拉马戈说过的那样："我已经不年轻了，所以每一部新作品的开始，对我来说都是一个挑战。我写的每一本书都有可能是我的绝唱，如果我的最后一部作品不尽如人意，那会是很可怕的。"

萨拉马戈给我们的启迪是：如果想成为成功人士，哪怕是从50岁开始逐梦也不晚，成功的大门不会轻易关闭。其实，任何人成就一番丰功伟绩，不在于从15岁还是50岁开始逐梦，而在于是否有将梦想进行到底的热情和决心。

原载于《小品文选刊》

抱怨不如改变

文|尹玉生

在最近一次从苏黎世到纽约的飞行途中，我和一位投资商相邻而坐。随着我们交谈的深入，我得知，他在投资一家规模很小的科技公司时，投入了很多资金，却收益甚少。他告诉我，他被那家科技公司的老板气得要吐血了，之后，在整个飞行过程中，他没完没了地抱怨着。我问投资商，那个科技公司的老板令他心烦意乱有多长时间了，“好多个月了！”他愤愤地回答道。

事实上，坐在我身边的这个男人，是一位拥有数千万美元的富翁，在瑞士有一栋富丽堂皇的高档别墅，有一位贤淑而美丽的妻子，有3个可爱的孩子。但这些足以羡煞世人的诸多福分，却被一个小公司的老板轻而易举地抹掉了，留给他的全是挥之不去的无尽烦恼。

其实，我们绝大多数人都有过类似的经历。一件事情、一个人往往就能令我们长时间地烦恼，使我们沉浸于懊恼和悲伤中不能自拔。特别是当那个令我们烦恼的人还是一个不会体谅别人、不懂得领情、不会自省的人的时候，情况就会更加糟糕。

有一则古老的寓言，或许可以给我们一些启示。

有一个年轻的农夫，划着小船，给另一个村子的居民运送自家的农产品。那天的天气酷热难耐，农夫汗流浃背，苦不堪言。他心急火燎地划着小船，希望赶紧完成运送任务，以便在天黑之前能返回家中。

突然，农夫发现，前面另外一只小船沿河而下，迎面向自己快速驶来。眼见着两只船就要撞上了，但那只船并没有丝毫避让的意思，似乎是有意要撞翻农夫的小船。

“让开，快点让开！你这个白痴！”农夫大声地向对面的船吼叫道，“再不让开你就要撞上我了！”但农夫的吼叫完全没用，尽管农夫手忙脚乱地企图让开水道，但为时已晚，那只船还是重重地撞上了他的船。农夫被激怒了，他厉声斥责道：“你会不会驾船？这么宽的河面，你竟然撞到了我的船上！”当农夫怒目审视对方小船时，他吃惊地发现，小船上空无一人。原来听自己大呼小叫、厉言斥骂的只是一只挣脱了绳索、顺河漂流的空船。

在多数情况下，当你责难、怒吼的时候，你的听众或许只是一艘空船。那个一再惹怒你的人，决不会因为你的斥责而改变他的航向。

当然，你完全不必转而去讨好这个人，也没必要和他达成一致意见，甚至你继续厌烦他也都无妨。但你一定要清楚，不能让他制造的麻烦转变成你的烦恼。无论你为此多么愤怒，他都不会因你而失眠的。如果因为他的过错而使你陷入无尽的烦闷悲伤之中，你就成了一个受伤害的人，而且，你自己还不断地在强化这种伤害的深度和广度。

对此，我提醒我邻座的那位投资商，之所以会出现这种状况，根本原因还是在于他自己用人不察，判断失误，从而在此次投资项目上做出了错误的决定。经过认真思考之后，他认同了我的看法。“这次确实是我决策失误。这么多天来，最让我恼怒的人，其实是我自己。”

但是，恼恨自己和恼恨那个科技公司的老板一样，全都徒劳无益，于事无补。我提醒他，尽管犯了这次错误，他依然是一个非常成功的商人，重要的是应该从这次失败的商业活动中吸取教训，总结经验。

在飞行即将结束时，这位投资商已经决定，终止损失，卖掉那家科技公司，重新开始。

原载于《环球时报》

奔跑的亚伯拉罕

文|冯有才

1919年的英格兰，冬天格外的阴沉灰暗，也是在这一年，出生于犹太人家庭的亚伯拉罕成功地考入了英国剑桥大学。

进入剑桥大学后的亚伯拉罕，生活得并不开心，因为他是一名犹太人。在那个地位和种族观念极为强烈的年代，他常常遭受同学们的耻笑，甚至连他的授课老师也经常在课堂上羞辱他。可是，为了接受新知识，他选择继续留在学校求学，要知道，不只是在今天，在那个时候，剑桥大学也是一所享誉世界的高等学府，进入该校求学是相当有难度的。

一年前才结束的第一次世界大战，暴露出英国年轻人的体质在战场上远远落后于德国甚至是奥匈帝国的同龄青年，于是剑桥大学专门面向全校学生开设了体育课，跑步是其中的一项重要内容。这个时候，亚伯拉罕惊奇地发现，他对跑步有着一种十分亲切的感觉，每次遇到不开心的事，他都会选择跑步。他的跑步成绩，在全校也是名列前茅的。

尽管亚伯拉罕十分努力跑步，但他仍没有摆脱同学们鄙夷的目光。这个时候，他开始迷茫起来，因为他不知道自己选择通过跑步来让自己犹太人身份获得承认和尊重的方法是否正确，于是，在1920年2月的最后一个周末，他决定跑完步后，就结束这项运动。然而在这一天，他遇见了一个比他小好几岁的青年利德尔，从这一天开始，两人紧密地联系在了一起，并且试图改变着这个世界。

在亚伯拉罕眼里，利德尔是一名标准的英国人，他和自己一样，也喜欢跑步，亚伯拉罕把自己放弃跑步的想法告诉利德尔后，利德尔只告诉了他一句话："当你的特长不被别人认可时，那是因为你做得不够出色。换句话说，你比别人出众一点点，别人就会用嫉妒的目光鄙夷你，而你超过了别人一大截，那么别人只会羡慕你。"听到这话，亚伯拉罕坚定了自己的信心。

此后，亚伯拉罕怀着对胜利的强烈渴望继续着自己的运动生涯，他将自己的民族精神寄托于运动之中，试图通过跑步本身来完成和超越自我。这个时候利德尔也和他在一起，奔跑于学院的操场上，无论是晴天还是雨天。慢慢地，他们在名气在整个学校传开了。

就这样，他们跑到了1924年，这一年，也正好是巴黎奥运会举办之年，由于他们在本土的出色成绩，他们被选为这一届的英国奥运代表。亚伯拉罕报的是400米短跑，而利德尔选择的是100米短跑，可是，在到达比赛城市巴黎时，利德尔才发现，他参加的100米短跑将在周日举行。

利德尔是一名虔诚的基督教徒，根据基督教教义，周日是上帝安息日，出于对宗教信仰的坚持和安息日的尊重，利德尔放弃了100米短跑项目，这个时候，离比赛已经只有一天的时间。在得知这一情况后，亚伯拉罕主动提出与利德尔交换比赛项目，他跑100米，而利德尔则跑400米，然后他们临时向组委会提出了申请，并获得了通过。

比赛的结果很令人欣慰，亚伯拉罕获得了100米短跑冠军，而利德尔则获得了400米短跑冠军。对于这两名传奇选手，比赛结束时，有记者采访他们，亚伯拉罕告诉记者一句有着相当深度和力度的经典名言："如果你不尊重我本人，那么请你尊重我的脚步。"

是的，奥运的真正意义，并不在运动的本身，而是为了追求一种精神状态、一种荣誉观念，这种精神和荣誉，是每个运动员在前进路上最强劲的推动力。

所以，今天的你如果在英国剑桥大学漫步时，听见了这句话时，请不要惊讶，因为那是亚伯拉罕的名言，它从20世纪一直流传到了21世纪。

原载于《读者》

播种与收获

文|沈岳明

小时候，家里穷，刚成年，我便离家外出打工。我去了很多地方，也干过很多工种，但几乎都只能维持基本的生活。因此，我很苦恼。我渴望拥有自己的事业，可是，因为没有本钱，我又无法自主创业。

那年，我流落到东莞一个叫清溪的小镇。那时，小镇还处于开发初期，虽然有不少工厂正在建设，但当地民众还是以农耕为主。由于饥饿难耐，我准备到农田里采些瓜果来吃。于是，我溜达到一处农田，看到一个40多岁的大叔正在种植香蕉。也许是我失落的表情引起了他的注意，也许是他干活累了，想找人聊天解闷，总之，我们聊上了，并且还谈得挺投机。我甚至还下到田里，跟他一起种起了香蕉。

我边学着他的样子，将小小的香蕉苗放进事先挖好的坑里，边问："大叔，你这样辛苦地工作，每天能收获多少香蕉啊？"

他不好意思地一笑，说："播种与收获可不在同一个季节。现在是播种的季节，哪里会有收获？别说每天了，就是香蕉的整个生长期，都是没有收获的。"

我不解地问："那要多长时间才有收获呢？"他说："需要10至15个月才行，不过，只要过了这段时期，以后的每年便都有收获了。"我说："要那么久啊，那在这段没有收获的时间里，你怎么度过呢？”

他淡淡地一笑，说：“等啊。但也不能闲着，因为蕉苗还小，需要不断地浇水、施肥，但我有足够的耐心，等待收获季节的到来。”

回味着大叔的话，我不由得陷入了沉思。当大叔喊了我好几声，我才猛然惊醒。大叔热情地将我带到他家去做客，给我做了可口的饭菜。走时，还让我提上了一袋瓜果，说是感谢我帮他种了香蕉。

从那以后，尽管我的工作依然不稳定，生活依然过得惨淡，但我却多了几分自信与对未来的期待。我知道，我正处于播种的季节，我得像那个蕉农大叔一样，耐心地等待收获季节的到来才行。

于是，我一边打工糊口，一边潜心写作。直到快40岁时，才出版了第一本作品集。此时，也终于迎来了我的收获期，之后的短短几年时间，我便陆续出版了十数本书，并在全国引起了较大反响，拥有了一批读者。

播种与收获是不在一个季节的，只有在播种期不惜付出劳动的汗水，到了收获期，才能尝到甜美的果实。

原载于《潮州日报》

从内心站起来

文|沈岳明

新来的同事曾晓雪是个漂亮而时尚的女孩，她在工作上特别热情，也能吃苦，所以很快便成了业务尖子。生活上，她也喜欢打扮自己，只要是市面上流行的服装，很快便穿到了她的身上。她对生活的热情和充满活力的笑容感染了所有同事，于是，办公室里每天都像过节一样充满了暖融融的气氛。

有一天，同事们去聚餐，在经过一座天桥的时候，遇上了一个断了一条腿的男人正半跪在路边向人乞讨。同事们有的给男人丢下几个硬币，有的装作没看见径直走了过去，谁也没想到曾晓雪会拿出一张50元的票子，向那个男人递了过去。可是就在那个男人伸手去接的时候，曾晓雪又突然将钱拿了回来，她说："你站起来，这钱便是你的了。"

那个男人用一双疑惑的眼睛望着曾晓雪，伸出的手不知道是该收回去还是不该收回去，更不知道该不该站起来。本来，那个断腿男人就是想要博取人们的同情而跪在那里的，既然能够站起来，那还有谁会给他钱呢？正在为难之际，一个女同事过去劝曾晓雪："算了，跟一个残疾人较什么劲，你没看到他断了一条腿吗？"那个男人也似乎很同意那个女同事的意见，为了证明自己确实可怜，还朝地上磕了个头。

谁知平常爱笑的曾晓雪一反常态地板起了面孔："残疾人怎

么啦，残疾人就应该跪在这里乞讨吗？虽然你的身体残疾了，但心不能残疾。这位大哥，你如果想要这张钞票，就站起来从我的手里将它拿过去！”

听到了曾晓雪的话，男人受到了激励，最终在拐棍的支撑下用一条腿站了起来。曾晓雪笑了：“这就对了，以后千万别跪在这里乞讨了。因为你还有一条腿可以站起来！”她将那50元钱塞进了男人的手里后，突然当着男人的面掀起了自己的裙子，并且说道：“大哥，你看我也跟你一样，有一条腿是假的！”

男人像被电击了一般怔住了。他想将那50元钱送还给她，可是曾晓雪已经走出好远了。同时惊讶的还有曾晓雪的同事们，谁也没想到她的腿居然有一条是假的。

后来，当同事们再次经过天桥的时候，依然能够看见那个男人跪在那里，不同的是，他不再乞讨，而是跪在那里给人擦鞋。同事们还能够看到，曾晓雪经常去那个男人那里让他帮自己擦鞋，临走时还不忘多送给他一块钱外加一个鼓励的笑容。

原载于《易友》

每天进步一点点

文|查一路

有一则故事讲的是佛教大师培植心灵善念的过程。大师在自己的面前放了一黑一白两堆石子和两个大小一样的罐子，心中每有善念，便取一粒白石子放入罐中，每有恶念，取一粒黑石子放入另一罐中。最初一天下来、黑白石子在两个罐子里的数量相等。往后，黑石子投入罐子里的数量越来越少，而白石子则相反。大师很有耐心，直至黑石子不再投入罐中，白石子充满所在的罐子，修行才算完成。

对修行我暂无兴趣，但我很钦佩这位大师，他寻找到了恰当的进步方法。按照一般人急功近利的做法，恨不得在一天之内就把白石子全部倾倒进罐中。然而，事实上大师绝不会这样做。他懂得怎样去达到目标，怎样一天天积累去完成这项心灵工程。

现实中，有太多的人渴望成功了。日新月异的发展与进步当然是诱人的，然而，大多数天真的人只着眼于峰顶的无限风光，忽视了进步是一个台阶一个台阶攀登得来的。太多的人渴望成功的急切之情如欲火攻心，他们不再去关心一点一滴的进步，做什么事都想速成，于是，社会上弥漫着急切浮躁的风气，这种风气渗透到各个领域，使得更多的人为了在更短的时间内获得更大的收益及所谓的成功，不惜采取任何手段，由此造成道德滑坡、诚信缺失等现象。

上述现象需要我们尽快纠正和改变。另外，我们也应对进步重新加以界定。比如，龟兔赛跑的寓言故事经常被拿来当作追求进步的道德教材。什么是进步？在人们看来，乌龟超过了兔子，就是进步，然而为了让乌龟进步，人们只好编排兔子在关键的时刻离开跑道到树荫底下睡觉的情节，这既是读者的期待心理使然，也是故事能进行下去的前提。殊不知，乌龟的进步是建立在侥幸的基础上，拿这个故事来教育孩子，很容易使他们从小就形成了对待进步的侥幸心理和对进步程度不切实际的理解。

孩子接受了这样的教育，在成长的过程中或长大成人之后，很可能比他们的父母还要浮躁。殊不知，是兔子就要在兔子的起点上进步，做一只不骄傲的兔子，不必回望乌龟而得意；是乌龟就要在乌龟的水准上进步，做一只面对现实的乌龟，无须前瞻兔子而自卑。无论是兔子还是乌龟，都得一天一天、一点一点地进步，只有这样的进步才是踏实可靠的，才能彰显出进步的意义与价值。

原载于《青年文摘》

踏着自己的唾沫前进

文|查一路

儿子边看科普读物边给我出了道题："爸爸，世界上哪两种动物能登上金字塔的塔顶？"我想了一会儿，告诉他："风和云朵！"儿子大笑。指着我的脑瓜："您总是这么笨，我指的是动物。"我强词夺理地反驳道："你不觉得我这种说法很浪漫吗？"说完后，我感觉算是为自己挽回了一点面子。

正确答案揭晓，这两种动物分别是：鹰和蜗牛。

鹰是理所当然的，它有强劲的翅膀，没有它飞不到的地方。而蜗牛，就有些神奇了。这小家伙背着沉重的房子，看它爬行，似乎感觉到整个世界的运行节奏都在变慢。不过，它决心很大，背着房子，身后已无牵挂，只需一往无前。当然，除此之外，另有绝招。据传说，这小家伙爱吐唾沫，并非有洁癖，而是踏着自己的唾沫前进。唾沫顺滑而又有黏性，在强者如云的自然界，小小蜗牛借此竟也能站稳脚根。

"有没有第三种动物？"这时，我几乎和儿子同时想到了第三种动物——人。不知道人能不能凭借自己的体力，像攀岩一样攀上塔顶。但是，以人类的智慧登上塔顶，应该不成任何问题。因为人已经成功登上了月球，并准备向火星进发，如此高难度的事情都能完成，何况是地球上的一个塔顶。再说，人类已经造出了进入太空的宇宙飞船，岂能没有降落于金字塔塔顶的直升机？

人，凭借着智慧，解开了古老的斯芬克斯之谜。在自然界和宇宙中，没有一座高峰不能被人这种第三种动物攀越。人，尽管没有鹰的雄劲和蜗牛的坚韧，然而凭借着智慧，每天都在将不可能变成可能，每天都在创造无法预见的奇迹。

对每个人而言，都有攀不上的“金字塔”，那就是每个人本身。自身的局限性，正是他攀登不上的“塔顶”。彼得一世虽然伟大，但征服不了自身的狂妄；拿破仑虽然英明，但对自己的刚愎自用无可奈何；牛顿虽然不朽，也无法祛除心中的神与宗教情结。

那些隐性的“塔顶”，平庸的人浑然不觉，高傲的人视而不见。工业化、信息化时代，技术对于世界的改造可谓所向披靡，而人们对自身的认识却日渐疏离、迷茫和困顿，这是我们亟须改变的。

每一天，人们都在创造奇迹，同样需要每一天刷新自己；这就需要人们不但要凭着智慧，坐飞船去探索遥远的太空宇宙，还需要像蜗牛一样踏着自己的唾沫前进，一点点去征服自我人性的“塔顶”。

原载于《辽宁青年》

他的肩膀你的高度

文|查一路

美国加利福尼亚大学的学者曾做过这样的一个实验：把六只猴子分别关在三间空房子里，每个房间两只。与此同时，每个房间里分别放着一定的食物，但放的位置高度不一样。

第一个房间的食物放在地上，第二个房间的食物挂在屋顶。第三个房间的食物则分别从易到难挂在不同的高度位置上。

几天后，学者打开房间，发现六只猴子的生存状况迥异：第一个房间里的猴子一死一伤，第二个房间里的猴子全死了，唯有第三个房间里的猴子安然无恙。

原因不难明白。第一个房间里的食物唾手可得，激起猴子们膨胀的私欲，让它们大动干戈，结果非死即伤；第二个房间里的食物挂在屋顶高不可攀，让两只猴子互相感染着悲观的情绪，最终在饥饿和绝望中死去。

只有第三个房间里的猴子在独立跳跃够取食物失败后，同时想到了对方，于是采用叠罗汉的方式取得了食物，如此一来，它们学会了合作，因为这种合作能让它们吃饱并生存下去，以至于后来离开这个房间，它们仍然相亲相爱。

其实，人与人相处，类似于六只猴子的景况。互相撕咬和渲染消极、悲观情绪，都会加速灾难的来临。每个人都有自己的优势和局限，当感觉到自己的能力不够时，借助他人的肩膀就会给你赢得新的高度。

你的存在，无形中就成了他人存在的重要前提。当困难来临时，需要记住的是：你需要他的肩膀，他需要你的高度。

原载于《格言》

给忍耐一个目标

文|查一路

一天，我与儿子在一家大型超市购物，之后与我走出出口时，发现儿子不见了。我找遍了超市，又去周边的几条街道找了很久，仍不见儿子。我焦急得心都要飞出来了，转念一想，还是应该再去那家超市看看。就这样，当我到达超市门口时，儿子惊喜地扑了过来。

儿子和我走散后，也去附近的几条街道找我，但最终他想，最好的办法还是在原地等我。

我问儿子，这么热的天，为什么不进到超市的里面？毕竟那里有凉风习习的空调。他说站在门口可以看见四面八方的人，每一个迎面走来的人都有可能是他的目标。

我心疼不已，这近一个小时的时间里，他是怎么过来的？恐惧、焦灼、难过，又站在太阳底下被烈日烤晒，若在平时，他的耐力最多只能支持他站上几分钟。儿子说，我没有想到“忍耐”这个词，我只想着尽快见到您，时间就很快过去了。

我不由得想起了前不久在书中看到的一则拳坛逸事。有一位著名的拳击手，刚出道的他在一次比赛中被人打得晕头转向，观看比赛的所有人都担心他会中途倒下，可是出人意料的是，他承受了暴雨般的重拳袭击，支撑着打完了全场。最终，观众把更多的掌声献给了他，而不是那位获胜者。

赛后记者问他："真是不可思议！你是怎么从第二回合开始，一直坚持忍耐到最后？"拳手觉得奇怪，说道："我只想着'防御'和'攻击'，当时我的脑海中根本就没有'忍耐'这个意识闪现。"

没有想到忍耐，才是能够"忍耐"下去的唯一动力。

最近，友人去了一趟南非，在南非旅游观光期间，他曾慕名前往囚禁曼德拉的囚室参观。回国之后，他见到我时，拽我到了卫生间，指着里面说："囚室就这么大！无法想象一个人几十年被囚禁在一间几平方米的小屋而没有精神崩溃，伟人就是伟人！"

我想，曼德拉的视线一定不能穿越四壁，但是他却将目光投向了国家未来的民主政治，否则，几十年如一日地面对几平方米的囚笼，不崩溃也会成为白痴。

给忍耐一个目标，生活将苦尽甘来。

原载于《读者》

瞄准一个点

文|沈岳明

在自然界，不管气候多么恶劣，都有生物在顽强地生存着，气温高达60—80摄氏度的撒哈拉沙漠就是这样。因为一连几个月不下雨，干燥的沙漠在阳光的炙烤下，温度越来越高，就是极能耐高温的蛇也得小心翼翼，不然就有被烤熟的危险。白天，在高温期间，蛇只能躲在沙子里，因为沙子的覆盖能避免阳光的直接照射，还可伺机捕捉猎物，它的猎物都是些耐旱的小动物，有蜥蜴、甲虫，还有一些小型飞鸟。如果必须走动时，蛇就将身子卷成"之"字形迅速前进，这样可以避免皮肤长时间与炙热的沙子接触，蛇就是以这种方式顽强地在沙漠里生存着。

可是，令生物学家不解的是，有一种类似于麻雀大小的鸟，它的生命力比蛇更强。因为这种鸟要到沙地上找食物，所以不可避免地成了蛇的捕猎目标。如此一来，这种鸟儿不但要面对恶劣的自然环境，还要对付来自沙子底下蛇的侵袭，如果它要生存下去，就必须战胜这一切。

美国生物学家克林莱斯有幸拍到了一组这样的精彩镜头。当此鸟扑扇着翅膀刚刚停在沙地上准备找吃的时，潜伏在沙子里的蛇猛地张开大口蹿了出来。眼看鸟儿就要成为蛇的食物，可是，顷刻间，鸟儿便从劣势转为了优势。克林莱斯惊奇地发现，鸟儿用自己的爪子一下又一下地拍击着蛇的头部，尽管鸟儿的力量有限，它的爪子对蛇的拍击似乎构不成什么威胁，并且蛇依然对鸟儿穷追不舍，但鸟儿并没有停止拍击行动。鸟儿一边躲闪着蛇的血盆大口，一边用爪子拍击着蛇的头部，其准确程度分毫不差。就在鸟儿拍击了数百次之后，蛇终于无力地瘫软在了沙地上，再也爬不起来了。蛇口脱险的鸟儿停在沙地上从容地找到一些甲虫类的食物后，才扑扇着翅膀慢慢地飞走了。

鸟儿和蛇的力量对比是悬殊的，之所以能够最终取得成功，生物学家唯一能解释的答案就是，鸟儿在经过长期的经验积累后，掌握了一套对付蛇的办法，那就是瞄准一个点，持之以恒地用爪子击打蛇的头部，以自己坚韧不拔的抵抗赢得了这次力量悬殊的较量的胜利。

在现实生活中，很多人之所以失败，就是因为没有瞄准一个点，并持之以恒地走下去。而成功者则瞄准了这个点，并坚持走到了最后。这个点有时是从脑中一闪而过的灵感，或是一个稍纵即逝的机遇。是的，只要瞄准一个点，就能敲开成功的大门，哪怕力量微小，但如果坚持下去，就一定能够到达胜利的彼岸。

原载于《人生与伴侣》

最后一镐的努力

文|朱砂

在藏语里，波密是“祖先”的意思。今天的波密县位于西藏自治区东部、雅鲁藏布江东岸，属山地丘陵地形，矿产资源、野生动物资源、中草药资源都非常丰富。得天独厚的自然风光是旅游、摄影、绘画、探索生物奥秘者的理想境地，其境内的岗乡自然保护区更是因其秀美的景象而被外国朋友称之为“西藏的瑞士”。

据资料记载，1953年入夏，波密县古乡沟突发泥石流。当时，从冈上倾泻的洪水，像一条黑色的泥龙，挟带着大量石块、泥浆，裹卷着一路扫荡下来的树木，奔涌而下，直径一二十米的巨石夹杂在前推后拥的泥石流中，犹如航船一样漂浮着。之后，泥石流越过一段基岩峡谷，冲出了山口，山麓中的农田、村庄、森林、寺庙皆毁于一旦，还淤埋了川藏公路。最终，泥石流在山口处停下来，形成一个宽4公里的堆积扇。

灾情发生后，惊魂未定的村民开始沿着泥石流的方向寻找着失踪的亲人。几天过去了，大部分尸体都已被挖掘出来，唯独不见一名叫次仁朋措的采药人。

又过了几天，有人在一个山道的碎石堆里发现了次仁朋措的采药筐，紧接着，人们又在不远处处找到了他的鞋。大家断定，次仁朋措很有可能就在附近。

人们找来工具，清理了淤积在山坡上的泥石流，很快便发现了一个山洞，之后，人们没费多大力气便刨开了洞口，果然，次仁朋措就在坐在洞口边上。他双手抱着肩，蜷缩在地上，已经死了。他的身后，有许多被刨开并堆积在一旁的碎石和泥沙，他采药用的镐，就扔在了那堆泥沙上。显然，在此之前，次仁朋措已经努力挖掘了很久了。

一位村民感叹道：次仁朋措扔镐的地方离洞口不过只有三四十厘米，如果他能用尽全力再刨上一镐的话，说不定光线便能透进洞里来，他会因此而看到生的希望，从而最终拯救自己。从次仁朋措死的姿势来看，他并不是耗尽了全部的力气，而是绝望了，于是放弃了这最后一镐的努力，死在黎明前的黑暗里。

有许多时候，人们之所以前功尽弃，不是因为目标遥不可及，而是自己灰心、倦怠了。其实，人世间的成功没有太多的奥秘，它所需要人们去做的，只是选择正确的方向，同时，永不放弃这最后一镐的努力。

原载于《可乐》

第二章

把握人生的时钟

人生中，很多人都在跟着秒针跑，他们生怕自己一停下脚步，就被别人超过了。而有的人，却总是在跟着时针跑，白白消耗了青春和斗志。

当人们终于明白，最快的秒针和最慢的时针都不适合自己，然后才想起分针时，才发现自己已经耗尽了一生的精力，一切都不可能重来了。

不想过每天都一样的生活

文|路勇

1999年，从技校毕业的他被分配到热电厂，那还是沾了在热电厂工作的父亲的光，他才获得了这样的一个机会。进入热电厂后，他被安排专门负责烧锅炉，18岁的他没有退缩，而且一干就是整整6年。

2005年的一个早晨，灿烂的阳光透过窗户洒在他的房间，地上有阳光和阴影组成的奇异的图案。或许是那些奇异的图案让他难以平静，他在房间里走来走去，看着放在墙脚的锅炉工手套皱起了眉头。在推开房门之后，他大声地对自己说，“我不想再过每天都一样的生活，我不要一辈子都在热电厂烧锅炉。”他的话惊动了晨练归来的父亲。在热电厂工作了几十年并注定要在那里干到退休的父亲没有责备他，反而非常开明地说：“儿子，你已经24岁了，参加工作也有6年了，未来的路怎么走，我和你妈都会支持你的决定。”

其实，24岁的他，心底是有缺憾的，初中毕业后他就进入了技校，技校毕业后又直接参加了工作，由此也错过了高中和大学的学习阶段，他很希望将自己的学业之路续上。一番权衡后，他放弃了千军万马挤独木桥的高考，转而选择了相对自由和宽松的成人自考。重拾中断了6年的学业，这对于他来说是巨大的考验，特别是还停留在初中阶段的英语，更是让他感觉困难重重。他默默地给自己制订了个计划，在学习自考其他科目课程的同时，每天还要专门花时间记忆300个英语单词。复习的过程非常枯燥，英语单词的记忆更是考验他的毅力。但是，他总是告诉自己，“我不想过每天都一样的生活，今天的努力一定能换来明天的精彩。”

有志者，事竟成。2006年10月，他考完了自学考试需要的15科课程，并在2007年拿到了成人本科毕业证。要知道，自学考试的通过率是非常低的，很多自考的学子连所有科目还没考完，就草率地放弃了最初的坚持。然而，他的目标却不仅限于自学考试本科文凭，他还要继续参加研究生的考试，希望去西南政法大学就读法学专业。

虽然他通过自学获得了本科文凭，但是他要继续考研的做法，却不被身边的亲友看好。父亲生日那天，家里来了很多亲戚，有的亲戚用半开玩笑的语气说：“你要是能考上，我就能用手掌心煎鱼。”说完，亲戚还摊开手掌心，做出一副要煎鱼的架势来。当时，他的父母听后都变了脸色，他却一点也不被亲戚泼的冷水所影响。最后，他还笑着说：“我会加倍努力的，到时候，请大家来尝你用手掌心煎的鱼，看那到底是啥味道。”

他说得非常轻松，不代表有任何的松懈，反而像是上足了发条似的。为了备战考研，年纪轻轻的他头发大把大把地掉，脸上长满了奇怪的斑，体重也由一百多斤降到九十斤。直到参加完硕士研究生的考试，他才放下心理的负担，在考点附近的酒店房间里，像个孩子般在母亲的怀里放声痛哭，足足有一个多小时。很快，他拿到了西南政法大学法学硕士专业的录取通知书，来家里道贺的亲友络绎不绝，其中就包括要用手掌心煎鱼的那位亲戚。亲戚没办法实现手掌心煎鱼的承诺，却为他送上一部新的笔记本电脑，算是为自己小看他的一种赔罪。

背着这台崭新的笔记本电脑，他在西南政法大学开始硕士研究生学习阶段。三年期间，他比别的同学更要勤奋，因为他常告诉自己："没念过高中和正规大学，所以必须比别人更下功夫。"就这样，比别人更下功夫的他年年拿高额奖学金和助学补贴，硕士毕业后，他还将这笔钱的结余部分交给自己的父母，据说是一笔不小的数目。

硕士毕业后，他立即就投入了博士生考试的备考。这一次，所有人都送给他诚挚的祝福，那个曾经跟他开玩笑的亲戚又发话了："这一回，你要是考不上，我才会用手掌心煎鱼。"然而，好消息在大家预料之中到来，他顺利地通过了博士生考试，成为西南政法大学博士生导师刘想树的弟子，并获得一等奖学金和免除三年学费的优待。

他就是四川小伙子梅傲。在心甘情愿当了6年锅炉工后，他又花了6年的时间，从一个没念过高中和正规大学的技校生，成了西南政法大学的博士生。

梅傲的成功之道并不神秘，"不想过每天都一样的生活"，便是支撑他进取的信念。其实，我们每个人都不希望明天复制今天，今天复制昨天，但是很多人依旧离成功远远的，缺的就是宝贵的信念，以及永不放弃信念的精神。

原载于《读者》

超级梦想

文|沈岳明

他是一个穷人家的孩子。俗话说，穷人家的孩子早当家，应该是很懂事的。可是，他却很不懂事。念小学时，他便有一个“超级大笨蛋”的外号。老师常这样向他的父亲报告：“这个孩子不适合接受教育，他有妄想症，整天都心不在焉。上课时，眼睛老是盯着外面的小鸟发呆；叫他去擦窗户，他把窗玻璃打破了；叫他拖地，教室墙壁被他手中的湿墩布甩得满是泥点。”

父亲无奈，只得让他辍学后去当报童，可是每次送完报，他的袋子里总会剩余四五份报纸，不知道又忘了哪几家没送；叫他去砍点柴，他竟然把邻居的木头篱笆也给砍掉了；叫他去挤牛奶，他不但没挤到奶，还将乳牛当马来骑，差一点把乳牛给吓死。

父亲问他，你究竟会干什么？他说他想当大象，想当比大象的力气还大的大力士。父亲摇了摇头，叹息道：“这孩子真是没得救了！”于是，只得由着他，不再管他。没人管的日子里，他高兴坏了，天天去野外跟那些动物玩。只是他从来没有忘记过自己的梦想，他总是找机会跟动物们比力气。他发现只有大象的力气最大，慢慢地，他还发现蚂蚁的力气也不小，它能扛起超过自己体重很多倍的东西。

突然有一天，一家机械厂来他的家乡招工。因为那是苦力工，很多人都不愿意去，他只问了一句："机械的力气有大象大吗？"负责招工的人说："机械的力气可比大象大多了。"于是他毫不犹豫地报了名。他成了一名机械厂的工人。

在工厂，他才知道什么才是真正的大力士。就这样，他着了魔似的迷了上机械。可是，很快，他又不满足了，他觉得自己想要的大力士应该比这些机械的力气还要大。他梦想中的大力士在瞬间就能够将一座山头铲平。就连那些机械厂的专家们也觉得他这是痴人说梦。只有他固执地相信，这个大力士肯定会出现的。

1917年，这个大力士终于出现了，那就是世界上第一台真正意义上的推土机。那时他29岁，此前，他观察蜘蛛的爬行，认为是那么稳当，由此受到启发。之后，他设计的推土机便能在斜坡上推土、挖土而不掉下来。他从大象那里得到的灵感，将推土机的起重臂设计得很像大象的鼻子。此外，他还大胆地取用橡胶做轮子，取代了原来的铁轮子。他就是雷多诺——享誉世界的推土机大王。

雷多诺设计、制造的推土机，一直是世界公认的用来建设重大工程的最佳机器。像修建胡佛水坝、穿过巴西亚马孙森林的高速公路、巴拿马运河，还有搬运北海钻井平台、运送北非丛林的木材等，都离不开雷多诺的推土机。他建造的每一部机器，都会立刻成为美国通用、日本三菱等公司效法模仿的对象，他被专家认为是20世纪起重机械的权威。

曾经被认为患有妄想症的人，就这样成就了一番伟大的事业。人生就是这么奇怪，尽管人人都有梦想，但一些伟大的梦想总是不被人们所认可，也正是因为其伟大，所以一般人无法想象。此时，如果你不能坚持自己的梦想，人们便会说那是妄想，如果你坚持下去了，那么就一定会成为现实！

原载于《石狮日报》

从容日月长

文|查一路

一位研究社会学的学者来此访问，我陪他在街头散步。他突然问我："现代人最缺少的是什么？"我一时语塞。他指一指人流说："你可以从人的脚步找到答案，你看，现代人的脚步何等匆忙，缺少的正是'从容'二字。"

他说，每到一处，他都会留心观察一下人的脚步，渐渐总结出一个规律：大城市，或者准确地说是商业繁荣的城市，人们总是脚步匆匆，城市由大而小，脚步依次放慢，只有在乡村，人们的脚步较为缓慢，较为从容些。临别时，他送给我一句话——从容日月长。

一个星期后，我收到他发来的短信。短信上，他提出问题，让我给出答案。

第一个问题：英国一位名叫史蒂夫的彩民，刮开彩票，欣喜欲狂——中了100万英镑大奖。兑奖前，他分散了钱财，辞去了工作，订购了名车。然而，当他拨通了兑奖的电话，顿时傻眼，他此前把彩票上的一长串的号码之中的16看成了15。为此，他追悔莫及，不仅失业了，还要为买不起豪车而支付高昂的违约金。

对此，朋友问："看清是15还是16其实并不难，为什么史蒂夫把16看成15呢？"我明白他的意思，迅速给出答案："该彩民缺乏从容。"

第二个问题：一位病人因为心脏病发作做了外科手术，出院时，医生给他看账单。看到自己要支付如此高的医疗费，此病人突然气血攻心，心脏病再次发作，不治而亡。

对此，朋友问："生命和账单，孰轻孰重，谁都掂得清，他本不应该面对账单如此激动，但为什么他仍会这样？"我迅速给出答案："该病人缺乏从容。"

该学者接到我的短信后，大喜过望，以为短期内对我的告诫，取得了丰硕成果。其实，这种再简单不过的问题，谁都能回答出来。

但是，两则小故事包含的道理，却不能不令人思考。

在金钱和欲望的缠绕与诱惑中，现代人最容易失去的是从容，而"从容"，又是最可贵的状态和品质。现代心理学家研究表明，从容不迫的人，凡事能应付自如，心神安静，沉着镇定。从容，随之而生优雅。在自然而然中，接受生活与人生规律的安排，行止如花开花落、云卷云舒。

明代吕坤在《呻吟语》一书中提出："天地万物之理，皆始于从容，而卒于急促。急促者，气尽也；从容者，气初也。"此话阐发的道理再明白不过：从容如朝晖，急促如夕阳。

苏格拉底是从容的。临死前，他含笑送走妻儿，平静喝下毒酒。最后的遗言是对一个弟子说的："我还欠阿斯克里皮乌斯家一只鸡，不要忘了还他。"本来朋友们为他做好了免受牢狱之苦的准备，如果他接受，完全可以活下来。但是，他选择了别人无法选择的结局，接受了一般人无法接受的命运。临死，他还竟然能想到欠邻居家一只鸡，这种风度是伪装不出的，让人领略到极致的从容。

金圣叹评《水浒传》之后就去了狱中，他在狱中有一项发明，这项发明与他评点的《水浒》同样让人惊叹。临死前，他曾告诉狱友："花生米与豆腐干同食，有牛肉味。"金圣叹未必是位美食家，他可能觉得，人生有时是需要从容的，需要坦然地接受生与死，需要欣然地接受美丽与哀愁。一个人一生迟早要明白一些道理，只不过是个时间问题。

楚汉战争之际，刘邦被项羽的箭射中前胸，他没有就此捂住胸口，而是手捏脚趾说："敌人乱箭射中我的脚指头了。"一语骗得军心稳定。举重若轻，从容镇定，为他赢得了一场战争和一生的基业。

所以，吕坤在《呻吟语》中又说："事从容有余味，人从容有余年。"

原载于《意林》

把握人生的时钟

文|沈岳明

在美国一个公园里，有一个这样的游戏项目，吸引了很多游人参与，其中有本地人，也有来自世界各地的外国游客。游戏方式并不复杂，但过程却让人意味深长。

远远地，游人便能看到公园中央一个巨大的时钟，这个时钟平铺在地面上，跟普通的时钟没有区别，一样设有时针、分针和秒针，只不过它比普通的时钟要大很多而已。

游戏规则是这样的：游人可在时针、分针和秒针中自选一种，然后跟着它跑，每跑一圈就能获得100美元的奖金。因为规则简单得令人不敢相信，而奖金也十分丰厚，所以一开始，便受到了游客们的追捧。可是，很快人们便发现，这个看似简单的游戏其实并不简单。

一开始，人们一窝蜂地去抢秒针，因为秒针快，只要跟着它跑上一圈，那就是100美元，以这种赚钱的速度，只需要一小时，就能发大财了。

然而，令游客们沮丧的是，居然没有一个人能跑得过秒针。因为秒针太快了，快得人们还没有来得及迈开脚步，那秒针便已经转过一圈了。当然，经过了这次的经验教训，人们的头脑也渐渐清醒了：原来，是自己太性急了。

当所有人都反应过来后，便又一窝蜂地去抢时针。秒针是跑不过，难道时针也跑不过吗？规则上说得很清楚，只要跑过一圈便能得到100美元，又没有说不能跟着时针跑！

可是，令人们大感失望的是，居然也没有一个人能跟着时针跑上一圈，这次不是因为时针太快跑不过，而是因为时针太慢，人们跑着跑着，一不小心脚步便超过了时针，因为规则中规定，只要脚步无法跟时针同步，那就算输了。用12小时的时间，来跑那么一圈，谁也受不了啊。

这下，人们总算是明白了，原来太快跑不了，太慢也同样跑不了，于是，人们想到了分针。用1小时时间，来跑完那一圈，肯定是没问题的。等人们全都准备跟着分针跑时，公园的管理员告诉大家，这是规则中所不允许的。人们犯疑了，规则上不是明明写着不管时针、分针和秒针，只要你跟着跑完了一圈就行的吗？现在怎么又不行了呢？

原来，规则上还补充了这么一条，凡是已经参与过秒针和时针跑步的游客，便没有资格再参加分针跑步了。原来，这个游戏的设计者，早就摸透了人们的心思。

人生中，很多人都在跟着秒针跑，他们生怕自己一停下脚步，就被别人超过了。尽管自己根本就跑不过秒针，尽管自己也累得筋疲力尽，但依然奋力地跑着。哪怕他已经很成功了，他却从来没感到过成功，也没感到过幸福。

而有的人，却总是在跟着时针跑。也可以说，那不叫跑，而叫爬，因为时针太慢了，慢得消耗了人们的青春和斗志，但是人们依然跟在时针的后面，慢慢地爬着。因为才能得不到释放，价值得不到体现，所以也就谈不上成功，更谈不上享受幸福了。当人们终于明白，最快的秒针和最慢的时针都不适合自己，然后才想起分针时，才发现自己已经耗去了一生的精力，一切都不可能重来了。

原载于《石狮日报》

大地上的读书人

文|陈全忠

有人说，读书最好的年龄是十五六岁，那时精力旺盛，记忆力好。但在最好的读书年龄，我却没有书。我生活的村庄离县城的新华书店有几十公里，出一趟山不容易，再说家里也没有钱给我买书。

我所能接触到的书，都是哥哥从家境好些的朋友、同学那儿搜罗来的，借期往往只有三四天，看完即还。借到的书也非常杂：《西游记》的连环画、金庸和古龙的武侠、三毛的小说、《今古传奇》杂志、郑渊洁的童话……

正因为借到书不容易，书在手里的时间又那么短，我不得不抓紧分秒时间读完。假期在家里帮忙做农活的时候，书随身带在身上，挑一担谷或柴草，中途歇息时就摸出来看几页，等挑着这一担谷或柴草进家门时，天可能就黑了。因此，我只能做个书呆子，永远成不了庄稼地里的一把好手。

上中学是在十几里外的镇上，每天赶早走路去，到了教室，满头大汗。待到放学，出了校门，心就像出笼的鸟飞了。同学们三三两两走在一块叽叽喳喳，我故意落在后面，独自走，图的是个清静，能够摸出书来看。大地之上没有书桌，没有书房，只有无限的风景。我捏着方块字的纸缓缓走在山间公路上，心情随字里行间的故事起起伏伏。看累了，就眺望一下镶着金边的云彩，落日远远地挂在连绵起伏的山头。书中的某个情节或某个字句激发了我的想象，让我忍不住想奔跑，想歌唱，或者索性找个尚有斜阳照射的山头，坐下来，将故事中未解的结局看完。天，往往就在这时候不知不觉地黑下来了，书上的字渐渐模糊，终于看不见了。这时候，才感觉到山风吹来的夜幕开启的凉意，旁边树影重重、坟地时隐时现的恐怖，林间鸟儿飞腾的归意，还有远处村庄亮起一两盏灯的回家的召唤，这时，才不得不往家狂奔。

这样的阅读方式叫走读，少年时代的书都是在路上边走边读完的。这样的举动在乡村格格不入，村里的人常常会在路上看到这样一个奇怪的孩子，眼睛盯在书上，走走停停，脸上的表情也很复杂，有时候是微笑，有时候是惋惜，有时候是皱着眉头。村里的熟人经过，他基本上看不到，也不打招呼，人家喊他一声，他浑然不觉，直到走远了，才醒过神来“嗯”的一声应答。但总归是没礼貌吧！直到今天，回乡的时候，还有人用寥寥的几句笑语替我勾画出当时我那个少年书呆子的形象。他们已经不怪我当年的没礼貌了，只是拍拍我的肩膀，赞叹我当年的苦读精神。

苦吗？我怎么毫不觉得。在物质最贫乏、精神最困窘的时候，走在荒芜的山间路上，有一本书在你面前打开，有不同世界的人和你做伴、对话，丰富你的人生和阅历，是一件多么甜蜜的事情。少年时代的书虽然不是在温暖的书房、舒适的书桌旁读的，而是在田间山头、在匆匆的脚步的度量中读完的，书上的每一个字句都跳跃着进入视线，但因此更加带着热腾腾的气息，可以拿到生活中掂量一番，可以在天地草木间寻找注解，可以以最强劲的频率和心灵发生共振。

几年前的一个假期，我去了宜宾一个叫李庄的小镇，它偎依在长江边。风景是乡村式的，恬静，可以平淡相处，一如我少年成长时的那个村庄。一大群白鸭在池塘里自由自在地浮水、觅食、抖翅膀、嘎嘎乱叫；再向远方看去，是浓浓淡淡迤迤逦逦的一道道山岭一朵朵白云……

其实这是一个有故事的小镇，20世纪在抗战的硝烟中，中国许多地方再也不适合读书做学问了。无数的文化学术机构开始西迁，迁向内地，迁向中国的腹地，迁向有深山大河屏障的僻远城乡。北大文科所、同济大学的学子们，还有一大批赫赫有名的读书人如傅斯年、李济、董作宾、金岳霖、梁思成、林徽因等，选择了这个贫穷而偏僻的小镇蜗居、做学问，保存学术的薪火。

读书苦吗？毫无疑问，在这样的环境中。居住和吃饭都是大问题，读书人都寄居于庙宇、祠堂、农舍、仓库，潮湿、带有硫黄味的空气，缺医少药，很多纤弱的文人因此染病。最要命的是，没有书，没有实验器材。唯一有书的机构是当时的中央研究院史语所，依附于此的读书人才稍稍得以慰藉。但是，要到这个读书的地方殊不容易，我曾经在李庄镇外寻索着，穿过一大段弯弯曲曲的田埂，还有一片树林，然后爬500多个台阶，才找到山峰顶部的一个山庄，这是当年的史语所办公之地，现在已改为学校。

就是在这样的山路上走着的时候，我突然找到了少年时读书的心境。不同时代的读书人，都是在大地上读书，天做幕，地做席，人立天地间，携一书，与千年的精神脉络相守。外面的风雨、杂音、困苦都化作了这一画面的背景，而在书间、在人间印证过的心灵之音却渐次成为主角。

这样的生活苦吗？我翻遍那个时代的读书人在李庄留下的文字，看到的只有读书、研究、做学问的丰满记忆，更多的是对国运、天下事的远视，而物质上的困苦却不见于纸间笔头。如果可以穿越，我说不定能看到这一幕：在如豆的煤油灯下，考古学家董作宾躬身于简陋的斗室，手写考古史上开天辟地的皇皇巨著

《殷历谱》，每写一句，三搁其笔，往返于古籍和甲骨文标本之间，核对求证；同济大学的生物学家童第周和夫人、儿女以及学生，携带大盆小盆，兴致勃勃地到野外捕捉青蛙并收集蛙卵做实验。在李庄的田野沟渠间，人跑蛙跳，你追我赶，泥水四溅；中国营造社的梁思成兴致勃勃地画下李庄东岳庙的建筑构式图，旁边是同济大学学子的琅琅书声……

在每一个时代，在每一个当下具体的境遇中，肯定有比读书更好的选择。在我十五六岁时的那个山村，做个农田里好把式或者走街串巷的货郎，都比埋首于“无用之书”中更能赢得大人的喝彩。在彼时的李庄，外面的世界很喧哗，有人做了高官，有人发了财，也有读书人因此眼红，放弃寒酸清贫寂寞的书桌，奔向豪门之间。剩下的那一群读书人依然面带菜色走在大地上，孜孜埋首于卷册笔墨之间，自得其乐。有人笑他们是“书呆子”，也有人赞他们是“麦田里的守望者”，但都是书外之音、身外之影，像悠悠白云一样，从头顶上飘过去了。

原载于《读者》

都是上帝的花朵

文|查一路

在一群高大漂亮的荷兰乳牛群中，有一只丑陋黑色的小公牛，主人叫它落普斯。它一出生就只有一只眼睛。比尔农场需要的是健壮的赫里福郡公牛。而落普斯的存在，是因为主人的善心才把它留了下来。

落普斯快到三岁的时候，一个月就要吃掉将近一吨的干草。它的体重已经增加了很多。好心的主人，此时也不得不考虑是否继续有必要花时间和金钱去养活这只大自然的弃儿。

繁殖的季节到了，几十只用来实施人工授精的小母牛被隔离在另外一个放牧区。人工繁殖，最花时间也是最累人的工作，最关键的就是要准确地观察出母牛是否进入发情期。技师们从蛛丝马迹中寻找着母牛发情的迹象。可是，无论如何也无法准确判断出来。

但不久，人们发现，落普斯在母牛们面前走上一圈，很快就会找准其中一只正在发情的母牛，并与之深情地对视；用高亢的哞哞声和那只母牛对唱情歌。技师们兴奋地叫起来："落普斯知道我们不知道的事！"

落普斯成为牧场用来探测母牛是否发情的"探测器"，确定每一头母牛发情的准确时间，一只眼睛的落普斯探测的准确率几乎达到百分之百。落普斯也有用了，比尔牧场的主人和技师们都为之高兴。

每一个生命都是大自然的奇迹。每个生物都蕴含着潜能，只是这些潜能暂时没有找到用武之地。

西方的一句谚语说：“牛粪和面包都是上帝的花朵。”人们可能难以容忍牛粪的气息，将它清理到田地里，清理到远离人们生活的地方。可是，牛粪一旦进入田地，通过自然发酵的过程，分解出农作物生长的基本养分，供给包括小麦在内的庄稼。而用小麦磨成的面粉，就得以烘烤出新鲜美味的面包，从前牛粪的异味就转化为面包那诱人的香气。因此，即便是牛粪，我们也没有鄙视的理由。牛粪和面包都是上帝的花朵，只是上帝让它们以不同的方式存在而已。

原载于《山东青年》

放弃了什么

文|姜钦峰

林永健最初只是一名送水工人，后来在姐姐的鼓励下，考入青岛话剧团。他刻苦学习，用心揣摩，很快就崭露头角，成了团里重点培养的苗子。话剧团的待遇相当不错，当时，他每月的收入有200多元，而普通工人月工资只有几十元。那时他还不到20岁，就有一份这么好的工作，待遇丰厚，而且前途无量，别人羡慕都来不及，林永健却毫不犹豫地放弃了。

为了追求更广阔的艺术天地，1989年，林永健加入了广州军区战士话剧团，成了一名文艺战士。但是他没想到，自己穿上军装，一下就回到了生活的原点。首先是待遇上的悬殊，以前是国家干部、演员，收入不菲，现在每月只有20多元的生活津贴。更难适应的，是心理上的巨大落差，以前林永健在青岛话剧团好歹也算个人物，现在什么都不是了。一部话剧，主要演员就那么几个，团里早已人才济济，哪轮得上他啊?

林永健演不上角色，只能干些杂活，拉大幕、打灯光、干剧务、装台、拆台、卸台……唯一的表演机会，就是当群众演员，有时男女主角在台上演，背后需要一个喝咖啡的当背景人物，他就演那个喝咖啡的。最忙的时候，在一部话剧中，他一人演了十几个群众演员，刚刚下去，换一套行头，马上又跑上台了。用林永健自己的话说：“比主演都忙！”

虽然常常连一句台词都没有，但林永健仍然努力表演，不放过每一个细小的表现机会。果然，导演渐渐开始注意他了，他被作为备份演员参加排练。突然有一天，主演生病无法参加排练，导演只好让他顶上，他的机会就这么来了。因为林永健这次的出色表演，又被电视剧《和平年代》的导演看中，随着电视剧的热播，他第一次走进了全国观众的视线。

从此以后，林永健在话剧团站稳了脚跟，接下来的几部大戏，都是他演男主角。在广州辛苦打拼了12年，终于闯出一片自己的天地，但他并不满足，很快又把目光投向了北京，因为那里的舞台更大，机会更多。当然，林永健心里也十分清楚，这更是一次冒险，离开广州，就等于放弃现在拥有的一切，去面对一个完全未知的世界。又一次徘徊在人生的十字路口，林永健思前想后，最后还是咬着牙决定，放弃，从头再来！不去试一试，怎么也不甘心。

退伍转业，初到北京的林永健，和所有的北漂族一样，一切都要从零开始。他每天拿着简历，到处跑剧组，北京大大小小的剧组，几乎跑遍了，但是每次都失望而归。半年下来，他竟连一个小角色都演不上，无戏可拍，连生存都成了问题，先前的雄心壮志，在残酷的现实面前，简直成了一个笑话。

晚上，林永健独自走在大街上，看着家家户户透出来的灯光，不由得问自己，北京的万家灯火，难道就没有一盏属于我的吗？他甚至怀疑当初的选择，我在广州好好的，干吗要来北京啊？他曾经拥有过鲜花和掌声，有过辉煌的过去，可是现在什么都没了。承受着巨大的精神压力，林永健开始严重失眠，好不容易睡着了，又常常从噩梦中惊醒。

唯一能支撑林永健走下去的，是心中不灭的梦想。后来在朋友的引荐下，他渐渐能演上一些汉奸、坏蛋之类的小角色了，直到2005年的除夕之夜，终于迎来命运的重大转折。在当年的春晚小品《装修》中，林永健一人分别饰演三个角色，给观众留下了深刻印象，大受欢迎。从此林永健片约不断，不断出演各类男主角。

两次大胆的放弃，终于换来手中沉甸甸的奖杯。在第24届中国电视“金鹰奖”颁奖典礼上，林永健喜获“观众最喜爱的男演员”奖，他高举奖杯，激动地大声说道：“真没想到，我第一次演正面人物、第一次演主角，就得了这个大奖！”是啊，如果不去试一下，你怎么知道，自己放弃的是什么？

原载于《格言》

用好你的“漏勺”

文|刘克升

儿时，我经常看见母亲用一把白白的漏勺，从冒着缕缕热气的菜盆里向外捞煮到了七成熟的、青白两色的萝卜丝儿。

有时候，我从母亲手里把漏勺要过来，好奇地捞着那些萝卜丝儿。它们不是一下就能捞完的，每次总会有那么一些萝卜丝儿伴随着淋淋漓漓的水流，从漏勺密密麻麻的孔眼里漏掉，重新回到了菜盆里，成为“漏网之鱼”。母亲微笑着，平静地对我说：“要有耐心，多捞两下就可以捞干净了！”

我暗暗地把母亲的话记在了心里，快乐地挥动着漏勺，一次又一次地在水中捞着萝卜丝儿。直到水中的萝卜丝儿越来越少，甚至再也捞不出一根的时候，我才停止挥动那把漏勺。揉着发酸的手腕，望着被我打捞一空的菜盆，我小小的心中居然也充满了一种成就感。

后来，我长大了，到外地求学，几易寒暑，终于毕业了。一开始，我跑了好多的公司寻找工作，他们以各种理由推脱，没有一家肯接纳我。我没有灰心，因为，我觉得自己眼前一直有一把“漏勺”，明晃晃地悬着，引导我为了心中的希望而不停地奔波着。在跑了更多的公司之后，我终于找到了理想的工作。

再后来，我年龄大了，该成家了。成人的责任感，驱使我开始寻找自己的爱情。可是，当时我穷困潦倒，在城里又是孤身一人，没有什么家底，无所依靠，很多的女孩都不看好我。我像一只孤雁一样，飞来荡去，过了好长一段时间形单影只的日子。但是，我没有放弃，我仿佛又看到了儿时的那把漏勺，我坚信一定会找到青睐自己的“白雪公主”。果然，在经历了更多的女孩之后，我的爱情终于降临了。

我常想，每个人的手中，都会有一把“漏勺”。虽然我们卖力地挥动着这把“漏勺”，但总会眼睁睁地看着好多我们喜欢的、需要的、有价值的东西，悄然从孔眼里溜走。这种现象提醒我们：成功的人生其实是需要成本的，这种成本不仅仅指金钱等物质投入，还有一种更重要的、无形的成本，那就是“努力”。

与金钱等物质成本相比，“努力”体现了个人毫不懈怠、原始积累、滚动发展的过程，是一笔更为宝贵、更为恒久的精神财富。所以，我们要更加注重无形成本的投入，把“努力”当作一种享受、一种快乐，不论眼前的困难有多大，失望带来的打击如何沉重，我们都不应该放弃自己的追求，而是要乐观地挥动手中的“漏勺”，多捞两下，多给自己一次成功的机会。

原载于《城市晚报》

余烬与余劲

文|李丹崖

贝克·威瑟斯是一位登山者，在他攀上珠穆朗玛峰途中，不幸突发了雪盲症。顶峰近在咫尺，条件越来越恶劣，贝克的眼前却一片模糊，辨不清方向，呆立原地，不敢动弹。

偏偏这时候，暴风雪又来了，气候惨烈的珠穆朗玛峰气温将近零下100℃，所有的队员都出发前去营救贝克，贝克的所在地距离脚下的大本营有300米的距离，可是，在条件极度恶劣的珠峰，攀爬这300米，比在正常条件下行走30公里还要难。队友们忙到天黑，也没有把贝克救回来，只得放弃。

第二天，队员们终于到达贝克所在的地方，发现贝克竟然还有呼吸，队友们估计贝克只是处于弥留状态了，可是，贝克竟然奇迹般地睁开了眼睛，所有的队友甚为惊异，他们想尽一切办法，把贝克救了下来。由于严重冻伤，贝克失去了一只眼睛，一双手，还有鼻子。可是，他的行为却给整个社会带去了强大的信心。

有人问贝克，当时是怎么想的？贝克说，当时他想起了家人的眼睛。

眼睛，如火种一般，吹醒了贝克生命的余烬，他用剩余的劲头，果敢地走向了生命的更深处。

尽管贝克最终没有登上珠峰顶端，可是，在劫后余生之后，身上所赋予的精神内涵远比登上珠峰还要高贵得多。

这是不是可以称得上“人生的核裂变”呢？余烬复燃，余劲反扑，人生之火大旺，人生竞技大胜。

原载于《石狮日报》

爱让我们彼此成长

文|冯俊杰

一本好书，能够让我们学会许多。用岁月的沉思所写下的真理，往往使我们把情感和自己看得更加清楚。

开头我先讲一个小故事：一位丈夫离开人世以后，妻子觉得整个世界都不存在了，空荡荡没有依靠，孤独而悲伤。于是她去拜访一名出色的心理医生，寻求帮助。

“我实在太爱他了，没有了他，我不能再活下去。”

“你知道不知道，你根本不是爱他！”心理医生回答。

“你这是什么话？没有他我不能活下去。我可以为他去死。”她愤怒了。

心理医生问：“你知道什么是寄生吗？”此话一出，她愣住了。

“当你需要靠着另一个人而活下去，你便是一个寄生者。在你们的关系里，没有选择，没有自由。爱应该是自由的选择。两个人相爱，意味着其中的每一个人，完全有能力独立生存，但是你却不是这样。”

一连许多个漫长而辗转的黑夜之后，她若有所思。后来，她不再找心理医生。因为依靠医生，也是一种寄生。她只带上医生的那句话，真正地像一个成熟的人，去学习生活。慢慢地，她学会了为自己寻找生命中的快乐。当时的伤痛渐渐地愈合，丈夫去世的阴影也在慢慢褪去。

她明白了，一个真正成熟的人，在情感上不需要依靠任何人，能够独自地站立起来。一年来，她的父亲和母亲相继离开人世，她安静地承受着失去亲人的悲伤，却没有出现绝望与自杀的念头。她已经学会了情感的独立。

一本著名的心理之书《无路之行》给爱下的定义是这样的："爱，是一种为了哺育自身或他人的精神成长而延伸自我的意愿。"

美国家庭心理治疗专家保罗博士，在《假如你真的爱我》一书中，将这个精辟的定义，用更加明晰、易懂的话来展开："真爱的行为，是一种抚育自身和他人情感与精神成长的行为。"

是的，一个人一辈子多多少少，都会遇到一些黯然神伤的事情。那些事情，对于我们来说都是漫长的辗转而沉默的夜。在少年时期无所畏惧地去爱，然后被伤害之后，我们退回去，一直退到内心最狭窄的地方，封闭自己，并且贴上标签，说："我不想再被伤害了。"也许因此，好多日子我们不想说话，不想去爱，不想好好生活，也不想去寻找快乐。

但是我们可能从来没有想到，那所有的难过，其实不过是因为我们对于爱是如此的幼稚而生疏。因为有了伤痛，我们才会在暗夜里不断地辗转与反思，而那又算得了什么呢？虽然失去了爱，但我们没有失去爱的能力。当我说"我爱你"，并不意味着我必须爱你，而是我选择了爱你。"我爱你"，不是其他任何什么，而是我自由的选择。

爱只是被你锁了起来，像一个孩子一样害怕成长。而我们彼此都需要学习爱的成长。没有成长的爱，又怎么能够拥有幸福？现在彻底明白了，爱不光是纯粹的占有，不光是身体的愉悦、孤寂时候的陪伴。

爱是一种行为，它能够让我们彼此成长起来，让我们彼此摆脱拿别人当拐杖、寄生在别人身体上的幼稚病，从而真正独立成长起来。就让我们真正懂得爱、享受爱和承担爱吧！

原载于《读者》

在机遇与财富间做个链接

文|朱砂

1887年6月，在美国密歇根州一个叫南海温的小城，一个名叫丹尼尔·洛维格的孩子降生了，他的父亲是一名房地产商，但家庭生活并不富裕。在丹尼尔还是个孩子的时候，母亲离开了他们，只留下父亲和他相依为命。

为了让儿子过上更好的生活，丹尼尔的父亲努力工作着，不久后，他发现得克萨斯州一个叫阿瑟港的小城房地产生意很是火爆，于是带着儿子离开家园，迁居到那里。

由于父亲忙于生计，又没有母亲在身边监督，丹尼尔的学习成绩一直不好，高中还没毕业，便辍了学，跑到码头上找了份打杂的工作，以后的几年，丹尼尔就这样东游西逛地打发着日子，直到后来，在一家航业工程公司安顿下来。

在航业公司里，丹尼尔的工作是为全国的船舶安装引擎，他很喜欢这个职业，经常奔走于全国各地，免费浏览不同地域的风土人情。

丹尼尔是个不甘贫困的人，为了能多挣些钱，他经常利用晚上的时间，找些安装或修理的兼职工作，那一年，他十九岁。

后来的日子，丹尼尔一直在航业公司工作，做些买卖船只或修理包租的业务。由于当时美国经济不景气，丹尼尔的生活过得很拮据，经常入不敷出，甚至有好几次到了破产的边缘，这种境况一直持续了近20年。

20世纪30年代中期，这个时候距德国人卡尔·本茨发明汽车已经过去很多年了，汽车在美国越来越多地走进了普通人的生活，公众对原油的需求不断上升。凭着职业的敏感，丹尼尔发现，用轮船装载石油远比装载普通货物更有利可图，他想，如果能买一艘货船，改装成油轮，然后把它出租给石油公司，一定能获得不菲的收入。然而此时的丹尼尔穷得几乎一无所有，就算是只买一艘旧货轮，也没有人愿意借钱给他，思来想去，最终，丹尼尔决定去找银行。

1937年，丹尼尔来到纽约，不辞辛苦地在各大银行间穿梭着，然而，工作人员一看到他破旧的衣服和满脸的沧桑，便不屑一顾地问他："你有什么东西可以做抵押吗？"丹尼尔什么都没有，只好抱歉地耸耸肩，告诉对方，"我没有什么可抵押的，但我有个绝好的主意，你们贷款给我，我把货轮买下来后，改装成油轮，租给一家石油公司，然后用他们每月付给我的租金来偿还你们的货款，如果你们不相信，我可以把租契交给你们，由你们去那家石油公司收租金……"

每到一处，丹尼尔都滔滔不绝地和对方讲解着自己的贷款和还款方式，然而丹尼尔的这种贷款方式在此之前没有先例，没有人相信他，甚至有时，人们不听他把话讲完，便极没礼貌地打断他，在一些人看来，丹尼尔的想法简直太荒唐了。

尽管一再碰壁，丹尼尔并不灰心，他相信，自己的想法很合理，只要努力去找，就一定会有人支持的。

果然，功夫不负有人心，最终，丹尼尔的想法和真诚打动了大通银行的总裁。他想，丹尼尔的信用或许不一定保险，但那家石油公司是可靠的，只要手头拿有契约，便可以定期向石油公司收取租金作为利息，退一步说，即使丹尼尔把货轮改成油轮的做法失败了，但至少这艘船还在，这样，只要轮船和石油公司有一家不出问题，自己就不怕收不到钱。几经权衡后，最终，大通银行把钱借给了丹尼尔。

拿着从银行贷来的钱，丹尼尔买下了这艘船，并成功地把它改装成了一艘油轮，之后将它包租给了石油公司，紧接着，丹尼尔又用同样的方法，拿这艘油轮做抵押，贷了另一笔款，买下了另一艘船，又把它改装成油轮后包租了出去。如此周而复始，丹尼尔不停地在抵押、改装、出租轮船、再抵押、再改装、再出租间重复着。每当丹尼尔还清一笔贷款后，他便成为这条油轮的主人，租金不再被银行拿走，而是流入自己的腰包。随着财富的不断积累，丹尼尔的资金状况和他的银行信用迅速地成长起来。后来，这种借钱赚钱的方式，很快被丹尼尔推广到他所有的事业上，他的财富呈几何级数迅速增长。

就这样，丹尼尔用他的智慧赚得了生命里的第一桶金。今天，丹尼尔·洛维格所创立的企业，已经成为一个庞大的跨国集团，该集团集船厂、旅馆、办公大楼、信贷公司、钢铁厂、煤矿、石油冶炼厂业务于一身，资产遍布世界各地。

在谈及财富的时候，比尔·盖茨说过一句很经典的话："最大的财富不是堆积如山的金钱，而是聪明的大脑。"相信和丹尼尔同时代的许多人都看到了油轮比货轮更有钱赚这一现象，但很少有人意识到这就是机遇并为此做出努力。

现实世界里，在机遇与财富间有一条链接，这条链接的名字，叫作谋略。谋略是一个人从无到有、走向最终富裕的高速公路。今天，当我们一次又一次面对那些成功人士白手起家的创业故事时，或许，我们最该做的，便是扪心自问，"面对那条机遇与财富间的链接，我们曾经做过什么？"

原载于《辽宁青年》

找个合适的位置

文|朱国勇

这个世界上，有一些人，他们具有贝壳一样的智慧，总能把受过的伤凝成珍珠。

1998年，十二岁的罗伯特·帕丁森成了一名模特。当时，他的个子已经很高，并且有一张俊美得像女孩子的面庞。那时的英国，中性是很酷的，中性美是极为流行的。所以，找他签约的模特公司特别多，他迅速在英国走红。

几乎没费力气，罗伯特就站到了成功的巅峰，并且赢得了无数的鲜花与掌声。

然而，四年后，忽然所有公司都不再和罗伯特签约了。因为，整整四年过去了，他已经长成了一位帅气而阳刚的小伙子。中性美，罗伯特再也不具备了，他陷入了深深的失落之中，他实在想不通，阳刚俊美的面庞居然成了事业的绊脚石！

罗伯特彻底失业了。寂寞的时候，他就坐在屋后的小山上，蓝天白云下，眉宇间是深深的忧伤。父亲赶回来安慰他。看着慈祥宽厚的父亲，罗伯特终于无助地落下了泪水："难道长得阳光帅气也是罪过吗？"

"不，宝贝，阳刚帅气是你的优点，这也是我和你妈妈最大的骄傲。"父亲目光沉静，语调舒缓，"但是孩子你要记住，就算是优点，如果放在了不合适的地方，也会成了缺点！"

“不合适的地方？”罗伯特大睁着明亮的泪眼看着父亲。

“是的！阳刚帅气的造型放到崇尚中性美的模特界，就成了缺点。但是换个地方呢？比如说表演戏剧或电影……”

罗伯特觉得眼前一下子亮堂了，迎着春风，他微笑着擦干了泪水。

从此，罗伯特一心扑到了影视表演上。然而，这条路是坎坷的。有一次，他好不容易被一位印度女导演相中，参与了名著改编片《名利场》的拍摄。但是，罗伯特的戏少得可怜，而且就是这少得可怜的戏份最后也被剪辑掉了。

然而，罗伯特一直在坚持，他就像贝壳一样，在黑暗中默默聚集着力量。

2008年，在浪漫奇幻电影《暮光之城》中，罗伯特饰演神秘迷人又邪气俊美的吸血鬼——爱德华·卡伦，终于取得了巨大的成功。他阳刚迷人的扮相倾倒了全球亿万观众，被美国《时代》杂志评为最性感男明星，成为全球新一代青春偶像。他终于为自己阳刚帅气的面庞，找到了合适的位置。

人要有贝壳的智慧，为自己找一个合适的位置，即便是伤口，也能凝成珍珠。

原载于《意林》

烛光填满的小屋

文|查一路

一位富翁在弥留之际，欲从三个儿子中选择一个合格的人继承人继承家产。他给三个儿子同样数量的钱，让他们买一样东西回来，将一间小屋填满。大儿子买回了柴，很辛苦地把它背回来。可是，任凭他怎么填，仍然填不满。二儿子买回了草，干得满头大汗，仍然有缝隙和疏漏。

三儿子买回一支蜡烛，轻轻松松点燃后问父亲："您看何处没有填满？"父亲蜡黄的脸上浮现粲然一笑，他找到了最佳继承人。

故事中，父亲对前面两个儿子的否定，不是从人格意义上来考虑的。应该承认，这二人，做人厚道，听话不偷懒，老老实实往回背柴背草，无可指摘。

可是，在厚道之外，单一的循规思维，总让人觉得其做事笨拙、呆板、缺乏灵气。直至第三个儿子出场才让人眼前一亮。富翁的第三个儿子点亮的不是蜡烛，而是创意，一种突破思维固有定式的精神和方法，能给人带来生机和希望，给财富带来无限增值的可能。

三个儿子中，前两个儿子累得气喘如牛时，第三个儿子一定在心底暗自发笑，成竹在胸往往来自智慧的火花一闪。

当今社会里，创意更被看成是无价的财富。当牙膏出现销售瓶颈时，常规的思维是减少牙膏的产量，但这势必影响效益和利润。把牙膏口开大一点！就这么个小小创意，即解决了牙膏企业的困境。创意制胜，就会招招领先。

全新的想法，让心智照亮了前人未曾攀涉的道路，不仅事半功倍，而且决胜全局，使世间万物和大千世界充满神奇的魅力，呈现出全新的意义。

做人要厚道，做事要有创意。其实，这两点并不矛盾。在现代社会里，一件事的完成，科技、文化和社会人力物力已为实施者提供了多种可能性的路径。在行事之前，跨越常规思维，寻找到最佳方案，早已胜过从前的埋头苦干、流血流汗了。

原载于《读者》

子弹也应给人尊严

文|李丹崖

作为20世纪最具影响力的作家之一，英国著名作家乔治·奥威尔的作品带给人的印象总是“一代人的冷峻良知”，这份良知，不了解乔治·奥威尔的人很难想象，其实，这份良知是来自他对自我人生的体悟。

乔治·奥威尔在很年轻的时候，就患上了肺结核。乔治·奥威尔深知其中的痛苦与折磨，他想告诉世人怎样苦中作乐，于是，他写下了小说《1984》。当时，他的身体瘦弱得像一副骨架，两条腿像是深秋的高粱秆，架不住他已咳嗽得发涨的脑袋，即便如此，他还是要把自己经历的痛苦以及如何克服的方法写进自己的作品里，并以极其诙谐幽默的方式，给后来人提供精神营养。

乔治·奥威尔说，他是在给病痛折磨下的灵魂以尊严。

所以，尽管疾病让乔治·奥威尔饱受痛苦，他总是想方设法地给身在危难时刻的人以尊严，所以，他甘心用自己的不堪换取别人生活的绚烂。

1936年，乔治·奥威尔远赴西班牙参加了反法西斯战争。一天，当他作为一名狙击手发现对面不远处有一位敌兵的时候，他瞄准了敌兵，那是一个正提着裤子、站在草丛边小便的男子。乔治·奥威尔知道，这时候如果开枪，十拿九稳，敌兵肯定是跑不掉的，可是，就在这时候，他看着敌兵小便完之后就走开了，他放走了那个法西斯的走卒，原因是："一个提着裤子正在小便的人已不能算法西斯分子，他显然是个和你一样的人，我不想开枪打死他。"

可想而知，这时候，如果乔治·奥威尔扣动扳机，那个敌兵一定会死得很惨，而且一丁点尊严都没有。面对两军对垒时血腥杀戮，乔治·奥威尔选择了让这位敌兵在其最放松的状态下安然走开，乔治·奥威尔说："子弹，在这时候应该给人以尊严。"

当乔治·奥威尔意欲扣动扳机的手凝滞在一瞬间的时候，我们看到的不光是一位伟大的士兵、一位伟大的作家，更是伟大而闪光的人性美。

原载于《合肥晚报》

转过身去看世界

文|查一路

许多年前，有位年轻的美国律师陷入深度的消沉和忧郁之中。当时，他的朋友把他能接触到的小刀和刀片都拿走，因为怕他万一想不开而走上绝路。这段时光他写下了自己的心态：“我现在是世界上最不幸的人，究竟我能不能突破困境，我也不敢说，我有预感，似乎不会好转。”

这位年轻的律师，后来竟做了美国历史上最伟大的总统之一，他就是林肯。是什么让他如此沮丧以致绝望，又是什么让他最终成为美国总统？时光已逝，现在人们无法从其隐秘的内心和散落的历史断章中去寻找答案。可以肯定的一点是，他走出了自己的阴影，走向了成功和自信。

记得上小学时，我参加过一次作文竞赛，结果未能如愿以偿。我走在那条孤寂的回家路上，黯然神伤，老师从身后赶了过来，并极力安慰我。老师对我说：“你要转过身去看世界！”我转过身去，面对着花草树木，它们正尽情地向阳光舒展着自己的花瓣和叶片。即使是卑微的小草，它也努力地朝向阳光。看到这一切后，我的心舒缓了许多，感觉阳光照进了我的心灵。

多少年过去了，那位老师的话一直在我耳边萦绕。其实，那一天，我一直行走在阳光下，只是我背对着阳光，只看到自己留在地上黑暗的影子，从而把一片明丽的世界弃之身后。人生道路上，有许许多多难以承受的阴影需要我们突围而去，需要我们以睿智和勇气拭去这一切。这时，无论你是怎样的茫然，也无论你置身于怎样的泥泞坎坷荆棘丛生之地，只要有一缕阳光的照耀，你也应当义无反顾、毅然决然转过身去，从而拥有一片光明。

转身的动作，是机智地应变人生的策略和姿势。它不是逃避和沉沦，它与畏惧和退缩无关，它是自身价值的重新审视和把握，也是对未知道路的重新判断和划定。它蕴含明智和成熟，摒弃忧郁和苦痛，唤回自尊和自信，铸造不屈和坚韧，策划今天和明天，预示希望和成功。转身的动作并非有千仞万壑难涉，它其实只在你的意念之间，永远在你的把握之中。

譬如，一位在战争中失去双腿的士兵，余生只能在轮椅上度过，但他并没有让生活的愁云惨雾笼罩身心。相反，他说：“我是世界上最幸运的人，倘若那颗手榴弹在我的脑袋上炸响，我便失去了一切！”一个转念，一次心灵的转身，就完成了一种乐观精神对肉体痛苦的顽强超越。

转过身去！每天的欢乐不再昙花一现，每天的忧伤不再失而复归。天高云淡，日丽风清，阳光将照耀我们含泪的面庞。在茫茫的人生旷野上，我们坚韧地行走，那么，我们就会拥有更加灿烂的人生！

原载于《意林》

最后一份晚报

文|魏振强

从办公楼出来的时候已经是晚上九点了。我顺着街心公园边的小路，在昏暗的路灯下深一脚浅一脚地往家走。走到一棵树下，一个人影闪了出来，吓我一跳。

借着微弱的灯光，我才看清眼前是个女孩儿。她十来岁的样子，相貌清秀，头上扎着一条小辫子。我镇定了一下情绪，正准备走，那女孩儿急切地对我说："叔叔，叔叔，请等一等！"我疑惑地打量着她。"叔叔，您能不能帮我在那个报摊买份晚报？"我顺着她指的方向望去，五十米远的地方果然有个报摊。

"买晚报？"我有些惊讶。

"嗯，买份晚报。"女孩儿边说边把一枚硬币塞进我手里。

我很诧异，心想："你自己怎么不去呢？"但我没说出口，天这么黑，我一个大人，这点儿小要求哪能拒绝。我走向报摊，把硬币递给卖报的妇女，取了报，转身回来。

"你怎么还站在树后面？"我问。

"怕被我妈妈看到。"她有些不好意思地说。

"你妈妈？"

"就是那卖晚报的。"

"你怎么从你妈妈那儿买报纸呢？"我怔怔地盯着女孩儿，不解地问。

女孩儿低着头说："我晚上给妈妈送饭的时候，还剩下一份晚报，她说如果不卖掉，放到明天就没人买了。她在那儿等了快一个小时了……"

在我和女孩儿说话的时候，她的妈妈已经收摊了。女孩儿接着说："谢谢叔叔，我回家了。"说完，她转身一路小跑着回家去了。

原载于《读者》

自己暗一点

文|查一路

一辆别克商务车在公路夜行。我坐在车上，要到另外一个城市去看望病中的母亲，因此心情很急迫。

迎面的车，一辆辆疾驰而过。雪亮的车灯透过我坐的这辆车的车窗玻璃照射过来，让人眼花缭乱。可是无论我的心情怎样急迫，每当前面有车过来，迎面相遇时，我的这辆车总会减速缓行，狭窄的路，使它近乎停下来，以便让其他的车辆先过去。

司机扭过头，满怀歉意地对我说："没办法，这辆车的车灯很暗，不过这样彼此都安全。"

我向前方看看，这辆车的车灯确实较暗，路上其他的车，车灯雪亮而刺目。这辆车车灯的亮色是橘黄的，只能照亮自己和眼前的路，不会刺激对方的眼。我只能抱怨这车的质量，谁知，司机说，这辆车的性能相当好。

一路上，我们有一句没一句地聊着，聊的都是单位的人和事。最后，意见竟然达成一致，那些懂得谦逊和礼让的人，在单位都受人欢迎，人缘都很好；而那些自以为是的人，无论头顶有多少光环，有多么耀眼，但终究让人避而远之。司机补充说："我们行车讲究'礼让三先'，其实这样对人、对己都有好处。"

快到目的地了，我终于忍不住内心的好奇，问："车灯制作得这么暗，是不是缺乏相应的技术？”

司机笑了，说：“要想亮，车灯可以要多亮有多亮，私营的小厂，也能生产非常亮的车灯，技术不是问题，这车的生产厂家的品牌实力和技术都非常强，肯定跟生产厂家的设计理念有关，它想让别人亮一点，自己暗一点。”

这些话，给了我很深的感触。

让别人亮一点，自己暗一点，此话充满了人文关怀的理念。不与人争“亮”，把“暗”留给自己，以此求彼此的安全。

我终于理解了车辆设计者的苦心。自己暗一点，不是在实力上的露怯，而是将朴素的体贴通过小小的细节体现出来。

原载于《读者》

第三章

帆不可以停止选择风向

生命不是一个抽象的符号，也不是一个生僻的隐喻，而是身体和意识都布满敏感神经的活生生的感知体。疼痛追随着生命，似乎与生俱来，无可避免。身体和心灵对于疼痛的感知都有着承载的极限，如果一切都是命中注定，身体临近着险象环生、万劫不复的绝地，灵魂就会处于举步维艰的境地。既然如此，那就让灵魂升华而出，做一次转移。

即便是最后的一刻，船可以沉没，帆不可以停止选择风向。

安东尼·罗宾的“第一桶金”

文|路勇

“我从17岁到21岁换了18份工作，到21岁时，银行存款的余额是零。直到我遇到我的老师——安东尼·罗宾，他彻底地改变了我的一生。”

说这一句话的并不是一个普通人，而是世界华人成功学权威陈安之。陈安之是全亚洲知名的演说家，他的演讲以及他出版的成功学书籍，激励了无数人奋发图强，踏上了从贫穷到富有的转变之路。

而陈安之的老师——安东尼·罗宾是世界著名的激励潜能大师，但是在此之前，他的人生跟陈安之一样糟。17岁那年，桀骜不驯的安东尼·罗宾被家人赶出家门，那个时候，他甚至连高中毕业证书都没拿到。没有文凭、没有技能的安东尼·罗宾摆地摊、做餐厅服务生、跑销售，只为自力更生填饱自己的肚子。后来，安东尼·罗宾得到一份在银行扫厕所的工作，这是其他求职者听到后就会掩鼻的职位，但是他不仅欣然接纳了这份差事，而且每天都唱着歌进行清扫。

当然，生性乐观的安东尼·罗宾并不打算一直这样下去，毕竟自己的梦想不可能在银行厕所里完成。后来，安东尼·罗宾得知有一个不错的课程，是由潜能大师吉米·罗恩主持的，他认为这是自己脱离困境的一个好机会。遗憾的是，课程需要1200美元的报名费，对于一贫如洗的安东尼·罗宾来说，这无疑是一个天文数字。接着，安东尼·罗宾求遍了所有的亲友，跑遍了当地44家商业银行，包括自己扫厕所的那一家银行，依旧没有借到哪怕一美分。

之后，安东尼·罗宾想到了银行经理约翰先生，平时约翰先生总是一副笑容可掬的样子，偶尔还会对安东尼·罗宾说："小伙子，干得不错哦。"私底下，安东尼·罗宾跟约翰先生提出借1200美金的想法，还信誓旦旦地保证一定会还。最初，约翰先生拿不定主意，他很难相信眼前的年轻人，担心借出去的钱有去无回。可是，当安东尼·罗宾一遍遍道出成为像吉米·罗恩那样的潜能大师的梦想后，约翰先生终于答应借这笔钱，这成为东尼·罗宾得到的"第一桶金"。

此后，短短几年的时间，安东尼·罗宾不再是银行扫厕所的穷小子，也早已还掉约翰先生借给他的钱。他不仅不再害怕吃了上顿没下顿，甚至买下了海边一处房子，还拥有了自己的私人飞机。显然，约翰先生借给安东尼·罗宾的"第一桶金"，对于安东尼·罗宾来说是那么的珍贵，是他成为世界激励潜能大师、拥有惊人财富最重要的原动力。

提到安东尼·罗宾的"第一桶金"，约翰先生后来这样说道："他对梦想的那份热度，实实在在地感动了我，也许他的辉煌我没办法预见，但可以预见的是他通往成功的信念。"

原载于《意林》

别人的看法与你无关

文|姜钦峰

当埃里克成功登上珠穆朗玛峰时，全世界为之震惊，因为这位登山勇士是个盲人。埃里克出生于美国康涅迪格州，幼年不幸患上了一种罕见的视网膜疾病，13岁时完全失明。为了帮助儿子树立信心，每年夏天，父亲都会带他出去徒步旅行。埃里克渐渐爱上了户外运动，并开始练习攀岩、登山。

生性好强的埃里克越攀越高，他要以这种方式来寻找自己的光明。几年后，他在登山界已小有名气，在“美国盲人基金会”的资助下，依靠队友帮助，用绳索和铃铛引路，他成功登上了北美洲最高峰麦金利峰。从此以后，他的足迹遍布世界七大洲，非洲的乞力马扎罗峰、南美洲的阿空加瓜峰……他征服了一座又一座世界高峰，2001年，他又成功登顶珠峰。

埃里克站在了世界之巅，成为第102位全部征服世界七大洲最高峰的登山者，也是他们当中唯一的盲人，其中艰难可想而知。然而出乎意料的是，在他不断挑战极限的过程中，遭遇到的最大困难，并非自身的生理障碍，也不是危机四伏的大自然，而是人们固执的成见。后来，埃里克在自传中深有感触地写道：“失明并不可怕，最可怕的是人们对盲人的看法。”

当埃里克第一次宣布，要向高山发起冲锋时，顿时遭到一片质疑，几乎没有人相信一个盲人能够登上山顶。有的登山运动员不愿加入他的队伍，在他们看来，这不仅是不可能完成的任务，而且简直是对职业登山者的侮辱。甚至有人大言不惭地说："连我这样的正常人都不会做这样的蠢事！"高山不可怕，人言却可畏，埃里克承受的压力，常人无法想象。

想起我的朋友谈力，一个阳光灿烂的小伙子。他酷爱摄影，曾给我寄过几幅作品，每次看到那些相片，都是对心灵的洗礼，因为他是个盲人！盲人摄影其实并不神秘，国外已有报道，在技术上也不是太难解决。可是有些人就是不信，盲人怎么可以摄影？不信也就算了，偏偏还要冷嘲热讽："盲人摄影就是瞎猫逮住了死耗子！"

所幸，谈力依旧泰然处之，你说你的，我做我的。后来，他的摄影作品获了奖，他还被当地摄影家协会吸收为会员。我们在电话中聊起此事，他笑道："有人怀疑并不奇怪，我从不认为这是对盲人的歧视，因为我做的事情已经超出了他们的想象力范围。"从那爽朗大度的笑声中，我能触摸到他心底的阳光，他是真正的强者。走自己的路，让别人说去吧。

许多时候，别人对你的看法，其实与你无关，因为没有人比你更了解自己。如果有人认为你不行，而你竟然信以为真，这才是真正的失明。雄鹰之所以能翱翔蓝天，那是因为，它从不怀疑自己是雄鹰。

原载于《博爱》

不要错过最重要的事情

文|尹玉生

弗兰克·劳埃德·赖特是20世纪知名的建筑大师之一，在美国《时代》杂志评出的“20世纪最具影响的100位人物”中，他是唯一上榜的建筑师。他穷尽一生精力，孜孜不倦地为世界造就了无数令人惊叹的建筑佳作，他所设计的宾州落水山庄，被称为世界上最美的建筑。时至今日，他的诸多作品依然是现代建筑师们争相模仿的对象，如今，遍布在世界各地的许多建筑精品，也都明显地留下了深深的赖特的烙印。

谈及自己的成功，赖特坦言，那是来源于他9岁时的一段经历，从而帮助他树立了自己的人生哲学，并最终促使他的成功。赖特的叔父是一位冷漠而严肃的人，赖特9岁那年，他的叔父带着他在被大雪覆盖的地面上走了很远的路程。在行走过程中，他的叔父让他回头看看他们留下的两串足迹。“看到了吗，我的孩子，”叔父说道，“你的脚印太没有目的性了，来来回回，折来折去，一会偏向那些树木，一会又偏向枯草丛，一会又折到了栅栏旁，你还在栅栏旁玩了半天掷木棍，你似乎完全忘记了我们还要赶路。你再看看我的脚印，多么笔直，知道这是为什么吗？因为我清楚地知道，尽可能快地到达我们的目的地，才是我们此行最重要的事情。时刻不要忘记最重要的事情，你就不会为那些琐碎的事情分神、分心了，而且它会极大地帮助你实现你的目标。我的孩子，我希望你一辈子也别忘了我这段话！”

“的确，我从未敢忘记，”赖特说，“就在那时，我就下定决心，绝不错过生活中最重要的事情，就如同我的叔父那样。而建筑设计，早就被我定为我今生中最重要的事情。”

尽管赖特在建筑设计上具有卓越的天赋和创造力，并且勤奋好学，然而在其漫长的职业生涯中，他并不顺利，经历了许多重大的坎坷和挫折。他年轻时候设计创作的作品，并不为美国人所接受。最早认识到他设计价值的一位极具影响力的德国建筑师断言：“你的美国同胞在50年内不会做好接受你作品的准备。”这个断言，几乎浇灭了他成为设计师的梦想。1914年，当赖特在芝加哥忙于设计时，一个精神病人放火烧了他在威斯康星州精心设计的家园，他的一位重要客户以及客户的两个孩子和其他四个人都被烧死。1925年，不幸又一次降临在赖特家中，他在威斯康星州重新设计建造的家园因为漏电再次被全部烧毁。

面对接二连三的挫折和打击，赖特每一次都很快挺了过去，他知道，他还有最重要的事情要做。在赖特长达91岁的旅程中，有70多年的时间他都在做他认定的最重要的事情。他一生中共做了1100个设计项目，范围涵盖别墅、办公楼、教堂、学校、图书馆、桥、博物馆等。他还出版了数部有广泛影响的建筑著作。即使是在他去世的前一年（1958年），已经年逾90的赖特，其设计桌上的项目总量竟达到令人惊讶的166个。在这一年，他还写了《活生生的城市》一书。

作为一名建筑设计师，弗兰克·劳埃德·赖特无疑获得了巨大的成功，而他成功的秘诀就是：绝不错过自己生活中最为重要的事情。

原载于《环球人物》

风中之烛也能照亮世界

文|路勇

林书豪，黄皮肤、黑头发，身高1.91米，体重91千克。在大多数人的意识里，如此身体条件的华裔球员，很难在强人如林的NBA中“打”出一片天。甚至有人暗地里说：“既然你不是小巨人姚明，倒不如改踢足球，没准能在美国大联盟或中超找到机会。”

可是，林书豪不放弃心中的篮球梦想，以在校生的身份加盟了哈佛大学篮球队，并通过自己的不懈努力，获得常春藤联盟分组冠军。每个体育人的梦想都是“更高、更快、更强”，作为篮球球员的林书豪，最向往的自然是NBA，因为那里是世界职业篮球的顶级殿堂。于是，在2010年，林书豪参加了NBA选拔大会。

虽然林书豪在NBA选拔大会上落选，但是他得到了金州勇士队的邀请。然而，进入NBA的林书豪没有立即迎来好运，金州勇士队并没完全认可林书豪的能力，一年多的时间里，林书豪在反复下放和召回中度过。2011年12月，林书豪被金州勇士队裁掉，在加盟小巨人姚明的母队——休斯顿火箭队不到半月，又加盟了纽约尼克斯队。

进入纽约尼克斯队后，林书豪仍然是非保障性球员，换言之，等待林书豪的是随时的下放或裁员。不仅如此，林书豪甚至没有一个属于自己的房间，队员兰德里的沙发成为他临时的睡床。林书豪免不了会感叹，“我的篮球生涯进入NBA后，仿佛是在风中点亮了一支蜡烛，随时都有被吹灭的危险。”

虽然林书豪心底装着一点点感伤，但也装满了奋斗的毅力。2012年2月5日，在纽约尼克斯对阵新泽西网队的比赛中，积极勇猛的林书豪收获25分、7个助攻、5个篮板，帮助球队获得胜利，得分也刷新了职业生涯的新高。接下来的4场比赛，林书豪像一个持续爆发的小宇宙，甚至力压嘲笑自己的巨星科比，战胜了强大的洛杉矶湖人队，同时给球队带来五连胜的佳绩。

一时间，林书豪由籍籍无名到声名鹊起，成为NBA最炙手可热的球星，不仅整个美国篮坛在谈论这个名字，亿万中国篮球迷也为他心血澎湃。有篮球评论员迫不及待地宣布，小巨人姚明创造了“明王朝”，林书豪的“林王朝”也正在建立。对于林书豪来说，摆在眼前的不仅是把非保障性合同变成保障性合同，美好的前景和前途已然如康庄大道般铺开。

有网络媒体这样评价林书豪：“他以落选新秀的身份在两年内辗转金州勇士队、休斯顿火箭队与纽约尼克斯队3支球队，随时都有可能被扫地出门，甚至已经做好了前往海外打球的准备。一周之前，他如同风中之烛；一周之后，他却将整个世界照亮。”

风中之烛也能照亮世界，林书豪确实创造了非一般的传奇。其实，坚持、坚持、再坚持，努力、努力、再努力，看上去好像是老生常谈，其实却正是走向成功的唯一法宝。

原载于《体坛周报》

如果我做了

文|查一路

若干年前，美国黑人橄榄球明星辛普森因杀害白人前妻并逃脱罪名而轰动世界。之后，辛普森再次成为焦点——出版自传《如果我做了》，以假设的口吻讲述杀害前妻及其男友的故事。舆论认为，这是辛普森在书中承认他的罪名。

当年的法庭，辛普森没有认罪，美国的公众至今还对追捕辛普森的情景记忆犹新：天上飞满了直升机，道路上拥塞了大量警车，辛普森不紧不慢地开着车，既没有狂奔也没有停下的意思，一直把车开到家门口才束手就擒。大量的证据都指向了辛普森，而且美国绝大多数公众都相信杀害前妻一事就是辛普森干的。

罪名是否成立，在美国的法律中，最终裁决权掌控在陪审团手中。在辛案的12名陪审团人员构成中，黑人就占了10名，加之警察取证程序上的漏洞，最终，陪审团判定辛普森无罪，这样的裁定让主审的伊藤法官痛哭失声。

社会心理学家戈夫曼说：“生活本身就是一个被戏剧化了的事物。”多年后的辛普森，终于在自传中自己把一切都认了。“我从查理（陪同辛普森到前妻住所的一位朋友）手中夺过一把刀……不久后我发现自己的双手沾满鲜血，面前躺着尼科尔（辛普森前妻）和她男友的尸体。”只不过，辛普森的叙述是以虚拟的方式。可是，谁能相信这只是虚拟而不是现实呢？美国杂志《国民问询》称其描写杀人场面——“真实得让人不寒而栗”。

为什么辛普森现在招认了？社会学家迪尔凯姆说：“一般而言，过去总不会完全消失，某些事物往往会留到未来。”恐怕辛普森始料未及，那双沾满鲜血的手，洗了多年也未必能洗干净。恶行实施之时，良知必然在沉睡。时过境迁，就有了沉睡后的苏醒。他以假设的口吻为自己心理减压，是不是忏悔前的试探？

法律制裁可以逃脱，但是，“我做了”和“我没做”，心境截然不同。生活同样在彼岸，如果“做了”，心灵的挣扎就像在黑暗中泅渡，时刻想捞根稻草作为横木以自救；如果“没有做”，就坦然乘小舟迎风扬帆上岸。在“程序正义”重于“实质正义”的美国，即使作奸犯科的嫌犯往往也能侥幸地等来“罪名不能成立”，然而，道德的自我救赎却并不与侥幸的法槌一道轻松落下。

在中国同样发生过这样一件事。一位出租车司机，二十年前拾到了一个遗失在车上的装有四万元的钱包。当时的他，千方百计地躲过了警察的讯问和失主的找寻，一切都风平浪静、相安无事。二十年后，他出人意外地把这笔钱交了出去。四万元钱被他作为一个包袱背负了二十年，而且越往后心理压力越大。尤其是当儿子长大了，他需要担负起对儿子的道德情操教育，每每这时，心虚和愧疚更让他无地自容。

人想要以“人”的方式活着，必然要求以一种道德（与“人”这个定义相匹配的道德和尊严）的方式存在。在内心，恶行终将等来忏悔，这只是时间问题。当法槌落下来，我可以瞬间无罪。可是，如果我做了，我将很难逃避良知对自己一生的追捕。

原载于《青年文摘》

帆不可以停止选择风向

文|查一路

儿时，母亲因为子女众多，加之疾病、劳累、贫困，让她对生活充满抱怨，情绪十分烦躁。记得她常常用粗粗的荆条抽打我的双腿，我疼痛得大哭。本想用哭声引发她的怜悯，进而得到她的安慰。可是母亲锁上门出去了，我一个人被关在屋内。不知过了多久，哭声停止了，因为我发现泪水是咸的。我变得专注和津津有味，忘记了疼痛，忘记了本来是要哭下去的……

几十年后的今天，我在午后的阳光中阅读。读到的，却是让心灵晦暗的文字。

1943年，荷兰籍犹太少女埃尔加·德恩偷偷写下了一本日记，真实记录了自己及家人在纳粹集中营的悲惨经历以及内心的痛苦感受。这段“大屠杀时期的爱情”让我黯然泪下，我体会到了另一种疼痛，那是让一切疼痛在它的面前，终将变得微不足道的疼痛。

这位当时被关押在纳粹集中营34B号营房的花季少女，用细腻的笔触真实记录了布满虱子的集中营营房，自己与集中营看守的争执，以及内心无法排遣的郁闷和恐惧。她每天看到的是一批批难友从集中营转移到“灭绝营”，生存的梦想将在那里破灭。当死神一天天临近，巨大的阴影覆压过来，少女忽然想到了自己最亲爱的男友，想起了和平时期那段美丽的生活。生与死，是一个问题，更是一种考验和折磨。用什么来战胜恐惧和悲伤？她选择了日记，她拿起笔，记录下当时的生活和心灵的幻想。她写道：“每天我们都要从带刺的铁丝网向外张望，直到对自由生活望眼欲穿。”时光像攀越过绝壁悬崖的藤蔓，跳过眼前的现实，生命从它的侧面拓展出意义——追思和倾诉，并把这一切记录下来。

1943年7月16日，少女德恩与她的哥哥和父母双亲在波兰索比堡灭绝营惨遭杀害。

1943年7月16日，距今已有70年。70年的时光像远处泛黄的钟声，我无法想象年轻而美丽的生命如何像花朵一样被狂风暴雨摧折，无法想象一个少女面对死亡时的心情和姿态。或可安慰的是，在肉体“灭绝”之前她的心灵没有提前死亡，最感疼痛的时候，她让疼痛拐了一个弯，心灵化成了蝴蝶，从泛黄的纸页羽化而出。让几十年后处在今天的我们，看到了生命在凄艳中的舞蹈，看到了幽暗中燃烧的火焰，看见了一个人临渊的绝望和最终的超越。

这些朴素的文字，没有对生命的理性阐释。出于真实的经历和活生生的感性认识，她的每个字都显得深刻，并让人战栗。人类太多的智慧，是生存的智慧，教人如何在平庸的日子里打发闲暇和无聊；其实，死亡是更沉重和必修的一课。如何面对和学习死亡，没有人告诉你。你只能从这些文字中去寻找。

生命不是一个抽象的符号，也不是一个生僻的隐喻，而是身体和意识都布满敏感神经的活生生的感知体。疼痛追随着生命，似乎与生俱来，无可避免。身体和心灵对于疼痛的感知都有着承载的极限，如果一切都是命中注定，身体临近着险象环生、万劫不复的绝地，灵魂就会处于举步维艰的境地。既然如此，那就让灵魂升华而出，做一次转移。即便是最后的一刻，船可以沉没，帆却不可以停止选择风向。

原载于《读者》

黑暗与光明

文|朱砂

那是一个偶然的机会，一粒种子看到了外面的世界。

它叫小黄，是一粒普通的小麦种子，那时，夏天刚刚结束，秋播正要开始。农民去镇上买麦种，编织袋不小心被三轮车上的铁屑划了指甲大小的一个洞，阳光从洞口照进来，瞬间让原本黑暗拥挤的世界一片光明。

种子们都喜欢阳光厌恶黑暗，争先恐后，大家拼命往外挤，小黄的力气最大，三晃两晃便占据了最高点。

外面的世界可真大啊，明媚的阳光，宽阔的马路，高高的白杨，川流不息的人群，一切的一切，令小黄的两眼应接不暇……

20分钟后，三轮车拐进一座小院，院子里开满了鲜花。

那是小黄第一次看到鲜花，它们是那么的漂亮，个个高昂着头，粉红的花蕊骄傲地伸向天空，片片花瓣大大方方地舒展着，尽情享受着阳光的抚慰。

小黄还没来得及看清楚那是些什么花，小洞便被农民用胶布封塞住了，世界一下子又跌进了黑暗。

小黄失落至极，躺在黑暗里，它不由自主地心生怨气，它想，外面的世界那么精彩，为什么偏偏要让自己生活在黑暗里呢？这太不公平了，不行，得想办法出去。有了这种想法后，小黄便开始有意无意地往洞口那边蹭，它多么盼望那个洞重新出现，自己再一次见到阳光啊！

接下来的几天，小黄只在农民把它们倒进播种机的瞬间看到过一次阳光，然后，便和兄弟姐妹们一起，被埋在了泥土的下面，从此与阳光彻底隔绝。

厚厚的泥土里闷热潮湿，压得小黄透不过气来。尤其让小黄感到恐惧的是，这里的黑暗比编织袋里更可怕，原来在编织袋里时，周围还都是兄弟姐妹，可这会儿，到处是泥，偶尔，身边还会有蚯蚓蚂蚁之类的虫子出没，太吓人了。

黑暗里的小黄开始羡慕那些院子里的花，它想，自己要是像花儿一样，日日生活在阳光下该多好啊！它开始祈祷会有奇迹出现。

原本，这样的祈祷只是一种心灵的慰藉，不料，竟然鬼使神差般见了成效。一只要抓田鼠吃的野猫在地里扒来扒去，寻找食物，小黄就这样被从地里扒了出来。

之后，小黄被野猫的爪子刨出很远，它又看到了阳光。现在，小黄终于可以像花儿一样呼吸新鲜的空气，感受大自然的日月轮回了，它兴奋地尖叫着，激动得恨不能让全世界都知道这一降临在自己身上的伟大奇迹。

然而，这种快乐持续了没几天，小黄便开始后悔了，原因是它看到了当初和它一起被埋在地里的那些种子，一个个都长出了细嫩的小苗。并且，那些小苗越长越旺，渐渐超过了它，自由自在地向着天空的方向伸展着，它们是那样的骄傲，骄傲得让小黄心生妒忌，然而，它不知道，为什么当初不如自己的那些种子都能长出新芽，而自己却不能呢？

它没有找到答案。那样的道理，超出了它的想象能力。

冬天来了，天气一天天变冷，风吹过，小黄缩了一下脖子，开始怀念土地下面的温暖，它觉得，现在的生活不但没有预想的快乐，甚至，还有点糟糕。

更为糟糕的还在后头，一天，一只麻雀不知怎么发现了小黄，从电线杆子上飞下来，不费吹灰之力，小黄便成了麻雀的口中之物。

小黄知道，这次，自己是彻底完了。在滑向麻雀喉咙的一瞬间，它终于明白了，花儿在阳光下绽放，种子在泥土里发芽，对于这个世界来说，黑暗和光明同等重要。

原载于《家庭》

上帝也可以被感动

文|朱国勇

在西方，有这样一则寓言广为流传。

正是金秋，空气中飘满果实与稻谷的香。在一个霞光四射的黄昏，一位天使在天空中优雅地飞翔。忽然，天使看到：在一个小村庄的打谷场上，一个容颜俊秀的年轻人正从轮椅上艰难地爬起来，他刚想迈步，就“噗”的一声跌倒在地上。他挣扎着，双手努力地支持着身体，良久，才摇摇摆摆地站起来，但还没迈步，又摔倒了。

原来，这是一个腿有残疾的年轻人正在练习行走。

年轻人又一次站了起来，他的额头上，黄豆大的汗珠一颗一颗滚下来，两条腿不住地颤抖。天使突然心生怜悯，暗中施展法力，想帮助年轻人站起来。可是，年轻人居然还站不起来。天使心中纳闷不已，我的法力怎么不灵了呢?

正在这时，上帝出现在天使的面前。上帝祥和地说：“不管用的，这是他的宿命，你改变不了的。”

“宿命？”天使有点不懂。

“是的，是宿命。”上帝对着天使微笑，“因为，他的残疾是我安排的。这个世界上所有的缺憾都是我安排的。”

天使更加不懂了：“人人都说您是最仁慈的上帝，您为什么还要制造缺憾呢？”

上帝目视着云天深处，笑容里有着深意："有了缺憾，人们才会珍惜圆满。因为残疾，人们才会珍惜健康；因为离别，人们才会珍惜相守；有了失败，人们才能更好地领略到成功的喜悦……"

天使听了，点了点头，又摇了摇头："只是可惜了这么一位大好青年！"

上帝微笑不语，飘然而去。

打谷场上的年轻人仍在艰难地练习行走。他的双腿又瘦又细，不停地颤抖着。汗水已经湿透了他的衣衫，额头、胳膊已多处摔伤，渗出丝丝的血迹。终于，他战战兢兢地迈出了一小步，还没站稳，就又摔倒了。年轻人趴在地上，不住地喘息。他双眼圆睁，双手懊恼地捶打着地面。

天使看了，心中不忍。他来到年轻人面前："我是天使，我告诉你，你的残疾是上帝安排的，谁也无法改变！好好休息吧，别再枉费心思了。"

年轻人看着眼前这位天使，眼中迸发出倔强的光芒："不，我不相信这一切。我一定可以站起来的。"

天使一脸真诚："我是天使，我是不会骗你的，别再这么累了，孩子。"说完，天使轻轻一声叹息，然后化作一道清风，不见了。

时间如流水一样，一浪一浪卷过，转眼两年过去了。

这一天，天使又路过这个村庄，他看见，当年那位残疾的年轻人正在田野中悠闲地散步。年轻人步履稳健，风度翩翩，哪里还像个残疾人的模样！

天使非常奇怪。残疾，不是上帝为这位年轻人安排的吗？他现在怎么康复了呢？

天使去问上帝。上帝一脸的深沉："残疾确实是他的宿命，但是，他太倔强了。每天，他都在艰难地锻炼，汗水纷飞，鼻青脸肿，血泪交织！最后，我实在看不下去了。我想，就算人间一定要有残疾，也不应该把残疾安排在这位年轻人的身上。”

上帝耸耸肩，俏皮地一摊双手：“于是，我解除了他的宿命。”

天使听了哈哈大笑，上帝也昂着头哈哈大笑起来……

原载于《特别文摘》

理解，是心灵的花朵

文|王治国

谁都渴望被人理解。被人理解，就像在无助时别人伸给你的有力臂膀；被人理解，就像在你饥渴时为你注入的一缕清泉。当你渴望别人能够理解你时，你可曾想过首先去理解别人？

矗立山谷，你只有主动呼唤才能得到空旷而悠远的回声；身处闹市，你只有心里装着他人才能在熙来攘往的人群中避免磕碰。别人理解你，就像缕缕清风拂面，带给你的是一种惬意与清爽；你理解别人，好比花朵次第开发，给别人的是一派美丽和妖娆。

有一位花匠在院子里种了一棵葡萄树，夏末秋初，葡萄个个晶莹饱满，令人垂涎欲滴，他便摘了一些送给别人品尝。当他送给一位商人时，商人一边尝一边说："的确不错！多少钱一斤？我多买些。"花匠觉得自己的好意被亵渎了，便又把葡萄送给一位干部，那干部接过葡萄后沉吟良久，问："你有什么事要我帮忙吗？"花匠觉得自己的良好心愿被侮辱了，便又把葡萄送给一位少妇，她诚惶诚恐，而她的丈夫则在一旁一脸警惕……

花匠回到家很纳闷：我只想让大家尝尝鲜，怎么会产生那么多的误解？

花匠的一番好心因为不被理解而失望、痛苦，他这种善意的行为在别人的眼里成了世俗的交换或别有企图，怎能不让人心有不爽？如果你是这个好心的花匠，心里会是什么滋味？因此，在与人交际中，我们一定要带着一种推己及人的心胸多给他人一些理解，多做一些换位思考，辩证地去分析问题。这样，就会少一些误解，多一些和谐；少一些伤害，多一些美好。这就是理解的内涵。

被别人理解是一种幸福，理解别人则是一种高尚，能够折射出你的道德素养，让你在人际交往中散发出无穷的魅力。一个善于理解学生的老师，总是能够受到学生的爱戴；一个善于理解老师的学生，也总能够得到老师的器重。在这里，理解就是改善师生关系的一种良方。在班级里，你对同学在某些情境下的言行多一些理解，同学就会对你多一份信任和感激。在这里，理解就是一把钥匙，在你向同学打开心门的同时，你也能够看到同学掩藏于心的风景。在家里，你理解父母的生活、经济状况乃至心理压力，父母就会感觉到心中充溢着一种温情，从而更加关爱你，对你学习、交友的情况多一些理解。在这里，理解是让亲情更浓、使亲子关系更和谐的黏合剂。

理解是慈悲者盛开在心灵的花朵，美丽了自己，也给别人带来了怡心之美；

理解是睿智者紧握在手中的钥匙，打开了心门，也为自己减轻了碰壁之痛。

现代社会，人们的交往非常频繁，而在这样一个多元的社会中，人与人之间存在着巨大差异，心与心之间横亘着看不见的墙，有许多人成了心灵世界里的孤独猎手，有一些人在拥挤的人群中感觉到了窒息和挤压感，有许多人觉得心灵是一片沙漠，看不到生活的亮色……只有理解，才能消除隔阂与歧见；只有理解，才能让心灵的积压感得到释放；只有理解，才能走向沟通和团结。

不要光渴望别人理解你，你也要多一些理解给别人，而且要主动些。主动给别人以理解，就像为心灵盛开美丽、纯净、热烈而馨香四溢的花朵。这种馨香，不仅会感染你，也能够陶醉我。

原载于《美文》

霉运的背后是好运

文|路勇

人人都难免有霉运缠身的时候，如日中天的周杰伦也不例外。例如：14岁，周杰伦的父母离异，幸福的家庭从此“缺”了大大一块；师从钢琴资深教授甘博文，学了10年的钢琴课也同时无奈地戛然而止；16岁，周杰伦不得不放弃了钢琴，将发展的方向转移到作词作曲。

18岁，周杰伦参加了一档叫作《超级新人王》的电视节目，他的词曲才能引起了吴宗宪的注意。当时自己创立阿尔发音乐的吴宗宪，迫不及待地走到后台找到周杰伦，并当即与这个他心目中的音乐才子签下了合作之约。

遗憾的是，吴宗宪的选择并没立即“开花结果”，当时的音乐圈没有人喜欢周杰伦的歌。19岁那年，周杰伦花了整整一个星期，几乎是不眠不休地写出一首名为《眼泪知道》的歌。这首歌不仅周杰伦觉得很棒，他的老板吴宗宪也赞叹不止，甚至预言这是一首会长久流行的好歌。于是，吴宗宪找到了天王刘德华，推荐了这首新人写的新歌。可是，天王看了看歌名，就摇摇头，“眼泪知道？眼泪能知道什么，莫名其妙。”又过了一年，20岁的周杰伦特地为张惠妹写了一首《双节棍》，而张惠妹以此歌和自己风格不相符为由，同样拒绝了。后来，在吴宗宪的授意下，周杰伦自己作词作曲并演唱的第一张专辑《Jay》横空出世，获得了非常棒的销量，并在2001年的台湾金曲奖大评选的过程中，一举夺得最佳流行音乐演唱专辑大奖。

当周杰伦成名后，有记者问他，“你会不会埋怨不肯给你机会的刘德华和张惠妹？”周杰伦笑着说，“其实，他们的拒绝也有自己的道理，那时候我埋头写歌，却没研究他们的风格，就像一个闭着眼睛胡乱投稿的作者，怎么能轻易得到青睐。如果被别人拒绝是我人生的低潮、是霉运当头的话，我想说霉运的背后是好运。或许我写的歌被最终接纳，我会更有动力成为一个优秀的作曲或作词人，在幕后贡献自己或大或小的能量。但是，促使我走向舞台中央的机会就会丧失，更别说像今日拥有亿万观众的关注和喝彩了。”

原来，周杰伦心底完全没有抱怨、没有恨，只有人生历练后的淡定和从容。正如周杰伦说的“霉运的背后是好运”，一时的挫折或艰难，不该成为我们追逐梦想的障碍。其实，就算是失败让我们调整了最初的梦想，但是当我们在转向后获得了成功，又何尝不是“霉运的背后是好运”的另一种解释呢？

我们常常习惯抱怨自己的运气特别差，甚至草率地认定自己的人生从此暗淡无光。可是，就像偶像巨星也有不得志的时候那样，风雨之后终究见彩虹，霉运背后是好运，关键在于你有没有坚持到底的决心。

原载于《打工知音》

梦想让你与众不同

文|朱砂

如今，在世界的各个角落，无论是清晨还是傍晚，总有很多男人们脸上涂着肥皂泡儿、对着镜子，用一种叫作“蓝吉列”的刀片刮着胡子。世人对于美国“刀片巨人”吉列公司也许并不陌生，然而却鲜有人知道这样一个让男人的日常生活变得轻松、惬意的发明却是缘于吉列公司的创始人吉列的一个梦想。

1855年1月5日，吉列生于美国威斯康星州。童年时的吉列由于家境贫穷，读书不多，十几岁便开始学做生意，后来当了推销员，过着虽不富裕但衣食无忧的生活。然而吉列并不满足于过这样的生活，总想能有所发明创造，轰轰烈烈地干一番大事业，周围的人们都嘲笑他想过上等人的生活都想疯了。

1891年，吉列遇到锯齿瓶塞的发明人彭特尔时，彭特尔向他建议，集中精力去开发顾客必须反复购买、用完就扔的产品，是一条成功的捷径。这一观点激起了吉列强烈的兴趣和好奇心，从那时起，每到晚上，吉列总要煮上一壶咖啡，一个人坐在沙发上，一边品尝着咖啡的美味，一边动着脑子，不断思索着，并在心中反复念着彭特尔的那句话“开发顾客必须反复购买、用完就扔的产品……”

1895年夏天的一个早晨，吉列正在一家旅馆的房间内刮胡子，当他在脸上擦好肥皂，拿起刮刀时，却发现刀口不锋利，这时，他正出差在外，而外出推销是不可能带着笨重的磨刀石的，于是他信手取过一块牛皮，把刀子在上面蹭了蹭，刀口仍然不锋利，无奈，他只得忍着痛一点点儿地刮着胡子，疼得好几次都想把刀子扔掉。好容易刮好了胡子，脸上却留下了几道伤疤，吉列赌气地想："难道世界上就没有比这更好用的剃须刀来造福天下的男人吗？"想着想着，突然眼前一亮：啊！这不正是"用完就扔掉的"东西吗？

回到家，吉列立即辞去了推销员的工作，专心研究、设计了一种安全、锋利的剃须刀的式样和结构。

没有了收入，吉列原本就并不富裕的生活更是捉襟见肘，有时在街上遇到熟人或朋友，大家都纷纷躲着他走，生怕这个穷光蛋会给自己带来麻烦，好在吉列的妻子很理解他，用自己打零工的钱支撑着他们那个风雨中飘摇的家。每当有人问吉列的妻子，"用自己辛辛苦苦挣来的钱去养一个整天无所事事，只知道异想天开的家伙是否会感觉很委屈"时，她总是笑着回答："他那样做肯定有他的道理！"

一个炎热的夏季，吉列正把自己关在工作间里汗流浃背地试验着时，突然眼前一片昏暗，随即倒在了地上，闻迅跑来的妻子赶忙把他扶到了屋外绿荫下的长椅上休息。

吉列刚坐下，正想闭上眼睛休息一会儿时，却突然被眼前的一幕情景深深地吸引了：离他不远处的田野里，一个农民拿着一把耙子，把地整得又细又平，这是什么道理，是不是与那很密的耙齿有关？刹那间，吉列感觉闷热的胸口顿时舒爽起来，他想：我为什么不能把安全剃须刀设计成耙齿一样呢？

一时间，吉列忘记了自己虚弱的身体，马上信心十足地跑回实验室，摒弃了原来"直线形"的设计，着手研究制造薄钢刀片，并用一个像耙子那样的"T"形架子把刀片夹起来。

然而，当吉列兴致勃勃地把自己的新产品摆在朋友们面前的时候，却得到了一通嘲笑，不仅如此，最使吉列不安和气馁的是，当他去请教那些机械和工具的专家和学者们时，他们也都认为他的新产品设计是不切实际的幻想，应当立即放弃。

1901年，吉列的好友将吉列刮胡刀的设计理念告诉了麻省理工学院毕业的机械工程师尼克逊，尼克逊同意继续研究吉列的设想。数周后，尼克逊成为吉列的合伙人。尼克逊在吉列原有设想的基础上加以改造，于是安全、方便的吉列剃须刀终于诞生了。

在吉列刀片问世翌年，竟然卖出了1240万美元的惊人业绩。接下来，吉列着手在世界各地投资兴建了许多座吉列刀片分厂，使吉列刀片的生产与销售节节攀升，吉列因此成功实现了他的梦想，并轰轰烈烈地开始了他的致富生涯。

德国著名的音乐家舒曼曾经说过：“人才进行工作，天才进行创造。”吉列用他二十年如一日默默无闻的潜心研究使自己从一个泯然众人的小人物一跃成为改变了数亿普通人生活质量的天才。今天，当吉列刀片走进了千家万户、成为成年男人必备的生活用品时，又有谁还敢嘲笑当初那个梦想的荒唐？

原载于《辽宁青年》

我必须向胜利走去

文|姜钦峰

他从小喜爱相声，立志要当一名相声演员。但由于家庭条件所限，梦想对于他，就像天上的星星，可望而不可即。为了追逐梦想，他只身从山西老家来到北京，进了一家茶馆当服务员。茶馆生意兴隆，每天晚上都会上演精彩的曲艺节目，经常有相声名家来这里演出。他小心翼翼地藏起梦想，每天在人群里穿梭，忙前跑后给客人端茶倒水，累并快乐着。尽管收入不高，前途渺茫，他依然对这份工作充满感激，因为能看到免费的相声节目。他“潜伏”在茶馆，耐心守候时机。

机会终于来了，著名相声演员李伟建来茶馆演出。第一次近距离见到自己最崇拜的演员，他心情激动不已。梦想就在眼前，哪能错过。演出刚结束，他立刻跑到后台，拦住李伟建，鼓起勇气说：“老师，我想跟您学相声。”他刚一张嘴，就露出浓重的山西口音。李伟建当时就被这个莽撞的年轻人逗乐了，“小伙子，你回去先把舌头捋直了，能像我这样说话的时候，再来找我。”连普通话都讲不好，就想说相声，简直是天方夜谭。李伟建随口说了句玩笑话，没想到，他竟当真了。

第二天，他就买来《新华字典》，对照上面的汉语拼音，一个字一个字地练习发音。在此之前，他从未意识到，原来自己的口音大有问题。第一次拜师失败，他丝毫不认为是遭到拒绝，反而觉得自己很幸运，得到了名师指点。从那以后，只要李伟建来茶馆演出，他就会跑去打声招呼，问声好，然后又提出要拜师。见他如此诚恳，李伟建只好说："你真想学好相声，还要多看别人的表演，用心去琢磨。只要你肯努力，打好了基础，我就收你为徒。"此话表面上是鼓励，其实是想让他知难而退。李伟建深知其中艰辛，也许他只是一时头脑发热，坚持不了多久就会自动放弃。

数次求师失败，他却毫不气馁，继续在茶馆当服务员，一边打工谋生，一边勤学苦练相声基本功。哪里有名家演出，他就想方设法去观看学习，每次出去听相声时，他都会给李伟建发一条短信："老师，我在某地听相声。"但是从未收到过一次回复。像他这样想拜师学艺的年轻人，李伟建以前没少遇到过，刚开始都是热情高涨，基本上不出半年，连人影都找不着了。李伟建故意不回短信，是想考验他到底能坚持多久。同样的短信，他连续发了三年，从未收到过一次回复，仍在坚持。

三年后，他成了李伟建的得意弟子，艺名叫吉祥。终于梦想成真，站在了相声舞台上，有人问他："师父三年都没理你，你为什么还能坚持？"他说："因为我知道，胜利不会向我走来，我必须向胜利走去。"

原载于《意林》

命运就是一只小角马

文|沈岳明

在辽阔的大草原上生活着大约150万头角马，这些野生的角马均是靠吃草生存。因为这里还生活着鬣狗、狮子、野狗和豹，这群角马便是这些食肉动物的粮食。为了保证角马不绝种，每年的8月，成年角马都会大量繁衍小角马，每年繁殖的小角马大约有50万头，可生存下来的却不多。尽管角马是群居动物，但因为它们没有锋利的牙齿和爪子，对于食肉动物的侵犯依然毫无办法。它们只能撒开四蹄拼命奔跑来逃避追捕，因为角马容易受惊，跑起来很混乱，在混乱中，角马很容易丧命。

在如此恶劣的环境下，角马依然坚强地生存了下来，也正是因了这样的环境，小角马生下来5分钟就能走路，两个星期便能跟成年角马跑得一样快。狮子和豹，这些身体大的食肉动物大多选择成年角马下口，因为它们的肉质肥厚鲜美，可对于身体小的野狗来说，小角马则比较容易追捕，特别是还未满两周的小角马。所以小角马从来不敢离开母角马半步。

由于对动物的关注，我每个周末都会看《动物世界》，所以对角马也有了一些了解。特别是当我看到一只迷途的母角马带着它的孩子小角马，跟一群野狗做殊死搏斗的场景时，我被深深地感动了。看似弱不禁风的小角马一次次被野狗咬住耳朵或者尾巴摔倒在地，眼看就要丧生狗腹，可是小角马又总是摇摇晃晃地站了起来，向着它的母亲追去……如此数十次近百次地被野狗扑倒，又站起来，弱小的小角马从来没有放弃生的希望。后来，那一群野狗累得筋疲力尽了，停下来直喘粗气，最终只得无可奈何地看着小角马，蹒跚着脚步跟在母角马的身后飞快地离去……

看到这里，我的全身便充满了一种力量，那是生命的力量！是的，在这个世界上，弱小的动物很多，也常常遭到强大的动物的侵犯，可只要它不放弃抗争，便能与世界同在。动物是这样，人生又何尝不是？看似平淡的生活中总是隐藏着那么多的灾难，疾病、失业、失恋……在灾难面前，生命显得如此脆弱。但当天灾人祸骤然降临，只要我们不轻言放弃，坚强地与之抗争，希望的阳光便会在我们的头顶豁然洒下来。

原载于《百花》

第四章

意外的沙滩，建不起成功的大厦

意外并不总是给人带来鲜花和微笑，也有可能导致樯倾楫摧，使情势危如累卵，让生命花容失色。

其实，没有意外的成功才是平平安安、踏踏实实、令人放心的成功。意外是涣散的沙滩，偶然会捡拾到美丽的贝壳，但是成功的大厦不可能建于其上，否则将根基不稳、危机四伏。

梦是唯一的行李

文|王治国

1805年4月2日，一个小生命降生在丹麦一个贫苦家庭。小生命的父亲是一个鞋匠，生活在社会最底层的这个小生命从小便忍受着贫困与饥饿的煎熬，以及富家子弟的奚落和嘲笑。但他是个爱做梦的孩子，梦想有朝一日能够通过个人努力摆脱歧视，成为一个受世人尊重的人。

没有人愿意跟他玩，他一天大部分时间都是把自己关在屋里，读书或者给他的玩具娃娃缝衣服。然后等待晚上父亲给他讲《一千零一夜》的故事，或者向父亲倾诉他想成为一名演员或作家的梦想。

可就在他11岁时，父亲去世了，他的处境更加艰难。14岁时，由于生活所迫，母亲要他去做学徒当裁缝工。他哭着把他读过的许多出身贫寒的名人的故事讲给她听，哀求母亲允许他去哥本哈根，因为那里有著名的皇家剧院，他的表演天才也许会得到人们的赏识。他说："我梦想能成为一个名人，我知道要想出名就得先尝尽千辛万苦。"

1819年9月4日，14岁的他穿着一身土得掉渣的大人衣服离开了故乡。由于家境贫寒，母亲实在拿不出什么东西可以让他带在身上，她唯一能做的就是花钱给赶邮车的马夫，乞求他让儿子搭车前往哥本哈根。母亲看着年幼的儿子两手空空地远行，心痛而愧疚，不由泪水长流。他反倒安慰母亲说：“我并不是两手空空啊，我带着我的梦想远行，这才是最最重要的行李。妈妈，我会成功的！”

就这样，一个14岁的穷孩子，两手空空地独自踏上前往哥本哈根的梦想之路。

也许上天注定了每个人的梦想之旅不会一帆风顺，他也一样。在哥本哈根，他依然无法摆脱歧视，经常受到许多人的嘲笑——他的脸像纸一样苍白，眼睛像青豆般细小，像个小丑。几经波折，他终于在皇家剧院得到了一个扮演侏儒的角色，他的名字第一次被印在了节目单上，望着那些铅印的字母，他兴奋得夜不能寐。

但幸福是短暂的，他后来扮演的角色无非是男仆、伺童、牧羊人等，他感觉自己成为大演员的希望越来越渺茫。于是，为了想成为名人的梦想，他开始投身到写作中。他笔耕不辍，两年后，他的第一本小说集终于出版，但由于他是个无名小卒，书根本卖不出去。他试图把这本书敬献给当时的名人贝尔，却遭到讽刺和拒绝：“如果你认为你应当对我有一点尊重的话，你只要放弃把你的书献给我的想法就够了。”

在哥本哈根，他的梦想之火一次又一次遭遇瓢泼冷水，人们嘲笑他是个“对梦想执着，但时运不济的可怜的鞋匠的儿子”，他一度抑郁甚至想到自杀。但每次在梦想之火濒于熄灭之际，他一遍又一遍地告诉自己：我并不是一无所有，至少我还有梦想，有梦，就有成功的希望！

终于，在他来哥本哈根寻梦的第15个年头里，并且在经历过一次次刻骨铭心的失败后，29岁的他以小说《即兴诗人》一举成名。紧接着，他出版了一本装帧朴素的小册子《讲给孩子们的童话》，里面有四篇童话——《打火匣》《小克劳斯和大克劳斯》

《豌豆上的公主》和《小意达的花儿》，就是这部书奠定了他作为一名世界级童话作家的地位。

他用梦想点燃了自己，用童话征服了世界。也许你已经猜到了，他就是著名丹麦作家安徒生。

成名以后，安徒生受到了王公大臣的欢迎和世人的尊敬，他还经常收到国王的邀请并被授予勋章，他终于可以自在地在他们面前读他写的故事而不用担心受到奚落。但从他的童话中，我们仍可以看到他的影子，他就是《打火匣》里的那个士兵，就是那个能看出皇帝一丝不挂的小男孩，就是那只变成美丽天鹅的丑小鸭……

谁会想到，一个两手空空来繁华都市寻梦的穷孩子，最终会得到人生如此丰硕的回报？之所以如此，就是因为他有梦，而且在困难面前从不轻易熄灭梦想之火。

人生像一场远行。远行时你可以没有车马盘缠，可以不带锦衣玉食，可以两手空空什么行李也不带，但一定要带上你的梦想。因为，梦想是最宝贵的财富，有了梦想，人才可以在无限的时空下，使刻板的一天二十四小时有变化万千的可能。

梦想是人生唯一乐观的倚仗，是让生命澎湃的源泉，是一个必须时刻带在身上的神奇包裹，带上它，你的心灵可以忍受任何磨砺；打开它，你的人生可以创造无限奇迹。

原载于《新青年》

我是一缕阳光

文|沈岳明

5岁那年，他因为不慎触到了一台变压器而触电失去了双臂。从此，所有人都认为他长大后将会成为一个废人，因为他们家在农村，对于一个要靠繁重的农活来维持生命的农村人来说，失去了双臂，那就意味着失去了劳动能力，就只能靠别人来养活了。

但是，他却不这么想。他认为，尽管失去了双臂，自己还有双脚，还有跟正常人一样的智商。于是，别人能用双手完成的工作，他便学着用肩膀、用脑袋、用脚去完成。

他用肩膀夹着自行车头学会了骑自行车，尽管为此摔掉了一颗牙，他也没后悔。他用肩膀夹着锄头锄地、淋菜、洗衣服、锯木、扎扫把和编竹篮。一次不行，就做十次、百次、千次，甚至是万次，直到会做为止，一些农活他甚至做得比那些四肢健全的人还要漂亮。他还学会了用脚指头夹着笔写字和嫁接果树苗，他用脚指头嫁接的果树苗的成活率跟别人的一样高。

他用脚指头夹着毛笔画的画，在一次绘画比赛中获得了一等奖的好成绩。更令他骄傲的是，那次大赛的评委们到现在都不知道，那幅获奖的绘画作品，竟然是一位失去双臂的人用脚画出来的！

他还种了几十亩柿子和柑橘，在他的精心护理下，每年都获得了好收成。自从失去双臂后，他不知道遭遇过多少人的冷嘲热讽，但他却没有为此掉过一次泪，他认为，这个世界上只要别人会做的事情，没有一样他不会做，他没必要为失去了双臂而自卑。就这样，他顽强而乐观地将一个农家的日子过得越来越红火。

一次偶然的机会，他将自己在田地里劳作的过程编成了舞蹈，在第五届全国残疾人艺术会演中，赢得了观众如潮的掌声，获得评委会特别奖，并被中国残疾人艺术团吸收为演员。

从此，他又与舞台结缘，其中最为著名的是他编的舞蹈《秧苗青青》。只见他穿着红坎肩，在舞台上行动自如地挑水和浇灌，辽阔的田野被搬上了彩灯绚丽的舞台，一群象征秧苗的俏丽姑娘，围绕着这个从田间走来的小伙子，在他的照料下“苗壮成长”……其实他只是讲述了自己最寻常的乡村故事，却跳出了轰动千万观众的《秧苗青青》。目前，他的节目已经成为中国残疾人艺术团大型歌舞晚会中最重要的节目之一。

他的名字叫作黄阳光。一个普通的乡村小伙子，如今也和残疾人艺术团里的“孔雀仙子”邰丽华和“天才指挥”舟舟一样，迅速被媒体传扬。

黄阳光说：“其实，生活中，别人怎样看你并不重要，重要的是，你得看重你自己！只要你自己不说放弃，这世上就没有难得倒你的事！”

原载于《青年文摘》

天鹅也曾是只丑小鸭

文|朱砂

周末，读初二的侄子小磊到我这儿来上网，说政治老师布置了一项很有意思的作业，让学生们到网上查一查一些演艺明星们出道前都是干什么的，名单中列出的都是大家非常熟悉的歌星影星。

接下来的整个下午，小磊坐在电脑边，一边敲击着键盘，一边不停地唏嘘着。

临近傍晚时分，我看到了他整理出的一份资料，不经意间扫了一下，结果却让我惊叹不已。

张柏芝：来自一个破碎的家庭。13岁的张柏芝随改嫁的母亲到了澳大利亚，因家里不能提供生活费，只得边工边读，一天兼两份差，早上在马来餐厅打工，晚上就到酒楼当服务员，这样的苦日子持续了好几年。

郭富城：在电视台做伴舞之前，郭富城是一名冷气技工，每天搬着笨重的冷气机，在大楼里上上下下，过度的体力劳动不但没有让他的身体垮掉，相反，却练就出了一个健美的男子汉。

王杰：要说起成名前的辛酸史，恐怕没人比王杰更多。做歌手前，王杰先是在茶楼当小伙计，后来又去当油漆工。再后来，王杰又去当出租车司机，每晚在饭店门口等生意，期望出入那里的人能多给一些小费。

孙楠：当年，孙楠一门心思就想买双好球鞋，可学生时代囊中羞涩，只好想点“旁门左道”，于是跑到建筑工地帮人搬砖，三天下来居然挣了260块钱。而孙楠的第一份正式工作是“司炉工”，说白了就是烧锅炉的。

梁朝伟：从不讳言自己家里环境差，没钱时全家只吃酱油拌饭，中学毕业后成绩很好但家里没钱念书，只好到电器行当售货员。

刘德华：当年初入社会的第一份工作是在美容院当洗头工，每天的工作便是为大家洗头，不管是客人态度多恶劣，他都洗得特别认真，毫无怨言，日后让人称赞的敬业精神已见端倪。

阿杜：没走上歌坛前，阿杜是建筑工地的监工，每天身处热火朝天的建筑工地，和建筑工人们吃住在一起。

朱孝天：走红前，由于父母离异，加上母亲身体不好，导致家境艰难，朱孝天小小年纪就要负担家里生活费用。他一边打工一边上学，做过快递员、服务生等诸多工作，有时每天都要打3份工。

……

美国作家马克·吐温曾经说过，“酸甜苦辣都得尝一尝，无论是谁，要打算在这个世界有所成就，都得打这儿经过。”

无疑，老师让这些马上就要进入初三阶段的学生们去查他们所喜爱的偶像们的成长史，就是在用这样的方式提醒着这些孩子们：人生的春天是起点，也是最低点，除了艰难的起步，还有绚丽的希望。许多时候，苦难就像砂轮，你是被磨得粉身碎骨，还是闪闪发光，完全在你自己。

“不是所有的丑小鸭都能最终变成天鹅，但许多漂亮的天鹅都曾经又小又丑。”看一看这些明星们的成长史，也许会让你对这句话能有更深的感悟。

原载于《辽宁青年》

你的偶像是谁

文|沈岳明

有一档电视节目，很受生活在这座城市里的年轻人追捧，因为幸运观众均可获得与自己的偶像相见的机会。数名幸运观众被邀请到了电视节目现场，其中大部分女青年都选择了与当红的男歌星或男影星见面，而男青年则选择了与当红的女歌星或者女影星见面，见面所需的费用当然由电视台支付，见面的方式也由电视台安排。

其实，电视台早就与那些当红歌星、影星们联系好了。只等幸运观众说出他们的名字，电视台就可以让他们在节目现场见面、握手、合影。谁都知道，这档节目主要是借当红明星来提高电视节目的收视率。

当问到一个男青年时，主持人犯了难。那是一个穿着十分朴素的青年，一张憨憨的脸上挂着憨憨的笑，一看便知道是个来自农村的城市打工者。男青年说了一个人的名字：张玉琼。主持人半天没反应过来，又问了一遍：你想见的偶像是谁？男青年再次说：张玉琼。主持人显然对这个名字有些陌生，于是他皱了下眉头问：她是歌星吗？男青年摇了摇头：不是。主持人又问：她是影星吗？男青年又摇了摇头：也不是。主持人再问：那她是哪位明星？男青年说：她不是明星，她是一位清洁工。

主持人有点不解：一位清洁工？你也许没有弄明白，我们的节目要求是选择一位自己的偶像见面。她是你的偶像吗？还没等男青年回答，台下便传来了一阵哄笑声。男青年有点拘谨，但很快又挺起了胸，高声说：她不但是我的偶像，她还是我的妈妈！

男青年接着说：我的妈妈虽然是一位清洁工，收入非常低，但她却供养着4位老人——我的爷爷奶奶和外公外婆。我的父亲原是一名工人，后来病退在家没有任何收入，但我的妈妈却毫无怨言地承担起了养家这份责任。她白天要工作，晚上还要擦洗奶奶和外婆的老寒腿，给患颈椎病的爷爷和外公按摩。她每天晚上都要忙到零点才能睡觉，第二天天没亮又要起床去清扫街道。在我的心中，妈妈就是我的偶像，她太了不起了，我以后也要像她照顾爷爷奶奶和外公外婆一样，照顾我的爸爸妈妈……

台下静得连一根针掉下来都听得见，没有人愿意打断男青年的话，哪怕是一声小小的咳嗽。人们发现，主持人的眼睛也有些湿润了。

主持人说：那么，你是想借用我们电视台跟你的妈妈，哦，应该说是偶像见一面是不是？男青年说：不是见面，因为我马上就要回家接替我妈妈的位置成为一位清洁工人了，我现在只想借这个机会向即将退休的妈妈，也是我的偶像说一声，您辛苦了！另外，我还想说的是，我一定会好好向自己的偶像学习，将来也要让自己成为孩子们的偶像！

在一段长时间的安静后，台下终于爆发出了如雷的掌声。

原载于《人生与伴侣》

一生不要轻易说拒绝

文|朱砂

在20世纪现代指挥艺术当中，如果评出一位首领式人物的话，那么恐怕非阿尔图罗·托斯卡尼尼莫属。这位身材不高、稍稍有些跛脚、留着短小胡子的意大利老人，在他68年的指挥生涯里，用他独特的指挥风格和充满激情的演绎，创造了音乐史的奇迹。今天，人们在回味他所带来的美好音乐感受的同时，也一次次地感叹着他平步青云般的传奇人生。

1867年的3月25日，在意大利的小城艾米利亚-罗马涅帕尔玛，一个裁缝的屋子里，随着哇哇的啼哭声，一个男孩儿来到了这个世界。在这个普通的家庭里，谁也没有想到，在未来的日子里，这个小男孩儿将为他们创造出奇迹。在这间到处是针线和布匹的裁缝屋里，家里所拥有的只有缝纫机的声音和女人们急急忙忙跑来跑去浆洗衣服的身影，一切似乎与音乐没有什么关系，然而这个小男孩儿却仿佛对音乐情有独钟，九年之后，他凭借自己对音乐的独特领悟，考入了帕尔玛音乐学院。又过了十年，一个年轻的大提琴演奏手走出了音乐学院的大门，他就是阿尔图罗·托斯卡尼尼。

第二年，这个小伙子便站在了意大利歌剧团的演奏员的行列里，随着乐团赴南美做巡回演出。

里约热内卢是意大利歌剧团巡回演出最重要的一站。剧院里面坐满了热情的观众，乐池里的演奏员也一一就位，此时演出就要开始了。

突然，意外发生了，与乐团签约的巴西指挥家，因为无法适应意大利歌唱家的演唱风格，便声称自己的身体欠佳，临场提出了辞职。乐团只得宣布演出将由候补的指挥执棒。然而，当候补的指挥出现在舞台上的时候，观众席里却传来了一片大喊声，众人不买这位候补指挥的账，把他从舞台上赶了下去。几位合唱队的队员为了挽回这种难堪的局面，赶忙聚集在一起商议对策。此时，他们不约而同地想到了新来的二十岁的大提琴手托斯卡尼尼，大家听说他曾经指挥过合唱队。虽然不知道他的指挥能力如何，但此时整个乐团里有过这种经历的人只有他一个人。所谓救场如救火，于是合唱队的一位小姐便自告奋勇前来请求大提琴手托斯卡尼尼马上上场指挥。

此时，几乎所有人的手心里都捏着一把汗，大家担心托斯卡尼尼会拒绝，更担心这个从来没指挥过如此大型乐团的年轻人会将演出搞砸，那样大家就将失去赖以生存的饭碗。

然而，令众人万万没想到的是，这名只有20岁的小伙子竟然毫不犹豫地冲上了指挥台，拿起指挥棒，连乐谱都没有看上一眼，便信心十足地指挥起意大利作曲家朱赛佩·威尔第创作的歌剧《阿依达》。

随着指挥棒的扬起，人们的心渐渐地被音乐带到了遥远的埃及，大家的思绪在婉转悠扬抑或威武雄壮的乐曲声中跌宕起伏。

剧末，为爱而准备殉情的阿依达躺在被判活埋于墓中的恋人拉达梅斯的怀里，在公主的悲泣、女巫和祭司的庄严的弥撒中，四块巨石向他们一步步地逼近，把他们封死在祭坛下的地窖里。当祭坛上空响起了阿依达与拉达梅斯最后的歌声“再见吧，大地，再见吧，泪之谷”时，全场掌声雷动，经久不息。人们被剧情所感动，更为这位名不见经传的年轻指挥者那忘我的投入而倾倒。观众们为指挥者长达150分钟的演出中竟然没看一眼乐谱的事实惊叹不已，而此时他们并不知道，就是这位让他们激动万分的年轻人，在几个小时前，却仅仅是乐团里的一名普通的大提琴手而已。

当晚的演出获得了巨大的成功，事后有人问起托斯卡尼尼的感受时，他说："除去手中的指挥棒，我几乎忘记了一切。"

从这一天起，这位年轻人便成为巡回演出的常任指挥，他的名字也由此深深地印在了人们的心里。直至他逝世，总共指挥过250部交响曲、100部歌剧，以及众多的室内乐作品。

晚年，当托斯卡尼尼回忆起自己第一次指挥乐团的经历时，他说："我想我应该感谢那位临场辞职的巴西指挥家，是他让世人也让我自己发现了我的指挥才华，如果没有他，或许我将永远只是一名默默无闻的大提琴手……"

曾经以歌剧《艺术家的生涯》《西部女郎》《图兰朵》而闻名于世的作曲家普契尼这样评论托斯卡尼尼："他的指挥艺术风格不仅按照作曲家的乐谱来进行，而且他让人感到好像是作曲家钻进了他的脑袋里。"托斯卡尼尼则谦虚地说："实实在在地讲，我不是什么天才，我并没有创造任何的奇迹，我只是在'用心'演奏别人的作品。"

中国国家足球队前主教练米卢有一句名言：态度决定一切。他对自己的队员说，"足球场是一个舞台，给了你机会的时候就应该尽情地表现。"

我想，或许人生亦应如此。

原载于《辽宁青年》

“意外”的沙滩，建不起成功的大厦

文|查一路

毕业多年的一次师生聚会中，一位白发的老师，对他的一群学生说，我想听听这几十年你们是如何经营自己的人生的。

一位官至处级的同学当仁不让，他说，一次意外的干部招考改变了他的命运。他以最后一名的笔试成绩进入面试。意外地，作为唯一的被录取者录用到现在的岗位。后来才知道五位评委中有三位是他老乡。

一位经商的同学说，商海沉浮多年，他的生意一直做不大。后来，他破釜沉舟，赌上一把，意外地发了一笔大财。现在回过头去看，差那么一点点，他就有可能倾家荡产，流落街头。

已是某名校教授的同学接过话茬。他以前几乎要被学校淘汰。后来，他把眼光转向一个冷门专业，意外地由讲师破格升教授。现在弄明白了，是一个偶然的事件让这个冷门变成了热门。

……

“意外”从一名又一名同学口中说出，这些同学的脸上无一例外都荡漾着成功的微笑。

老师做总结，你们说的“意外”，是幸运之神的微笑，是命运之神的亲吻。“意外”给人成功的机会，但是不是成功就依赖“意外”呢？因为你们成功后的唯一感受是两个字：真玄！

一位坐在屋角的同学一直没有说话，老师把目光转向了他。

他羞涩地笑笑：我确实没有什么好说的。老师坚持着。

这位同学嗫嚅了半天，终于开了口：我一出校门就开大客车，十几年如一日也没遇上什么幸运的“意外”，所以没有成功。他补充说，早晨我小心翼翼地开着车出去，晚上平平安安地回家，十几年算起来拉了几万个客人，当然也没出现什么不幸的“意外”。

老师欣慰地笑了：你的成功才是真正的成功。意外并不总是给人带来鲜花和微笑，也有可能导致樯倾楫摧，使情势危如累卵，让生命花容失色。没有地位、财富、职称，人可以照样生活；而没有了生命，这个世界就失去了意义。你的成功在于没有一次意外，不但保住了自己的平安，而且保住了数万名旅客的平安，还有什么样的成功能大过这样的呢？

意外靠不住。往往，没有意外的成功，才是平平安安、踏踏实实、令人放心的成功。意外是涣散的沙滩，偶然会捡拾到美丽的贝壳，但是成功的大厦不可建于其上，否则将根基不稳，危机四伏。

原载于《意林》

站在风暴的中心

文|查一路

秋浦河边，看渔夫捕鱼。

秋浦河是江南一条很古老的河，诗仙李白曾留下脍炙人口的《秋浦河十七首》，我尤其喜欢其中一句，“山鸡羞绿水，不敢照毛衣”，山鸡虽比不得孔雀，可它尾巴上毕竟有数根好看的鸟毛，平日里它可会以“毛衣”自傲，但面对秋浦河的一带澄碧，它却欲照还羞了。

捕鱼人用古老的方式捕鱼，撒下丝网，乘一叶轻舟，持双桨拍打船舷，波翻浪涌，如此反复……

河水清澈，能清晰地看到鱼在水中的游姿，一群鱼像箭镞一样散开、飞驰，闪电一般稍纵即逝。突如其来的声响，环境中的异变，使得每条鱼都在条件反射地逃离。而渔夫捕鱼，正是利用了每条鱼的狂奔。

网在水中以逸待劳，等待鱼前来自首。鱼在水中的溃败，首先来自内心的慌乱，慌乱让它们本能地寻求逃生，而为了逃生却疯狂地奔向了危险。

鱼从网上取下来，我有了发现，捕捞上来的大多是此地俗名叫“翘嘴白”的鱼。我想知道河里是否只有这种鱼类，渔夫说，河里什么鱼都有，听到响声时，每条鱼都在狂奔，有些鱼游着游着，就停下来，沉到河底休息，只有这种鱼性急，径直向前，不知停歇，直至触网。

于是，我记住了这种叫“翘嘴白”的鱼。

回城的路上，我在猜想，水中的鱼对于恐慌的感知到底是什么样子？就人而言，变动和恐慌又是什么？我想到了茨威格在《心灵的焦灼》一书中一处形象的描述：“厚厚的乌云宛如一个个沉重的黑箱子隆隆作响，在骚动不宁、震颤不已的树梢顶上堆积，有时候被一道闪电的火光照得通亮。潮湿的空气不时被阵阵狂风猛烈摇撼，我快步往回跑的时候，整座城市已经变了样子。”黑箱子似的乌云、震颤不已的树梢、被风猛烈摇撼的空气，这恐怕是人的恐慌最形象化的图解吧？

对于恐慌，诗人维吉尔如此描述：“我心惊肉跳，毛骨悚然，一句话也说不出来。”恐慌是一种情绪，一种可怕的情绪，恐慌的终极是对恐慌本身的恐慌。然而，恐慌会将最坏的结局无限放大，让失措的心像鱼一样狂奔，直至触网。

迎击苦难，在厄运中用勇敢的心，直击那困厄与恐惧的假面，更可凸显出天地间傲然挺立的人。5·12汶川大地震中，一些顽强的生命在废墟中存活了一百多个小时，用坚韧的毅力创造着生命的奇迹。“坚强”这个词，是人类战胜灾难的精神武器，无数的人们口耳相传，彼此激励，增添着豪迈和胆气。

一位获救者的镇定，让我尤为钦佩。瓦砾之下，他的双腿被压住，全身不能动弹，但他冷静地思考着眼前骤然发生的一切。他在寻找，很快在身边找到一个塑料瓶，他靠着喝自己的体液，咀嚼纸张和烟蒂，存活了一百多个小时，直至被救出。

天塌地陷，看似万劫不复。唯有自我的从容和镇定，方能解救自己。

在城市，每每看到大街上汹涌的人流，看到他们闪烁的眼神、匆匆的脚步，就想起耶稣的一句话：“一个人赚到了整个世界，却丧失了自我，又有何益？”匆匆奔忙，表露的正是不安，丢失的正是宁静的自我。当然，每条鱼都有狂奔的理由，生计、变故、灾难，都有可能形成变动不安的水波。

我不认同莎士比亚对生活的嘲弄——“充满了声音和狂热，里面空无一物。”生命中的每一点感受，都那么真切而有意味，都值得同情与尊重，包括灾难面前的战栗和恐惧，那是活生生的感知体对变故的本能反应。然而，当恐慌和狂奔徒劳无益时，理智告诉我们，不要去做那些行将触网的鱼。

如果大难临头，我们必须静下心来，首先问问自己：我是否站在了风暴的中心，并且毫不退缩？

原载于《辽宁青年》

悦人者众，悦己者王

文|李丹崖

他一开始是一个杂耍艺人，每天走街串巷，把脸蛋涂抹得像个小丑。为了招揽生意，他弯腰都在90度以下，一整天下来，逢人且笑，遇人就恭维，即便如此，一年到头算下来，也剩不了几个钱。眼看着人过中年，事业无成，终日跑江湖，总觉得低人一等，但若是不这样做，自己无其他技能，一家人都要挨饿。

一次，他到一个镇子去演出，偏偏遇上了连绵的阴雨，一下就是七八天。眼看着这个月过去一大半，他在居住的旅馆里，眉头紧锁，唉声叹气，这可怎么办，一家老小还等着自己去挣钱糊口呢，若是雨再这样一直下，这个月可就要挨饿了。

这时候，他看到一个擦皮鞋的老师傅忙完了最后一单生意，吹着口哨站起身，打算回家去，他的叹气声更大了！擦皮鞋的师傅见到他这副样子，说："先生，要不让我来帮你擦擦鞋，解解闷吧，顺便我们聊聊。"他连连摇手拒绝了，满脸愁云。擦皮鞋的老师傅在他面前停下来，和蔼地笑着说："要不，我不收你的钱好不好？"

实在太闷，找个人说话也好，于是他答应了。老师傅边擦皮鞋边与他聊起来。

老师傅说："你干吗闷闷不乐？"

他把自己忧愁的原因告诉了老师傅。

老师傅听了，笑了："原来是这样呀。这就是你的胸怀不够了，你自己都愁云不展，怎么可能用自己的杂技逗乐别人？要想给别人一碗水，自己先要有一缸水呀！”

“可是，我一家人都在等米下锅呀！”他辩解道。

老师傅继续说：“你老是想着东奔西跑，取悦于别人，有没有想过开一家马戏团，让天下一流的杂技师傅都来给你打工，你坐在老板椅上乐呵呵地享受管理和领导者的乐趣呢？”

“我也这样想，可是，我哪有这个钱？”他依旧提不起精神来。

擦鞋老师傅停下了手里的活儿，把鞋箱子里所有的钱都倒了出来说：“这是我一天所得，年轻人，你拿去，作为你的第一笔启动资金吧！”

“这怎么可以？”他连连推辞，但擦鞋老师傅提着鞋箱子消失在雨幕里，再也没有回头。那个下午，他一直在回味擦鞋老师傅的话，与其老想着取悦于别人，倒不如通过做大做强自己的事业平台，取悦于自己的心灵，让梦想为自己导航。

巧的是，不多时，天光大亮，雨停了，太阳露出了笑脸。他走了出去，搭台子、化装、演出，这一次，他比以往都要卖劲。擦鞋老师傅的话像一团团火苗燃烧在心间，他越演，心里越亮堂了。

后来，他联合了许多流浪的艺人，逐渐组成了一个小规模的马戏团，他要求所有艺人在上台前，必须嗅一嗅随身携带的太阳花，悦人者众，悦己者王。他坚信：心里装着花的人，才能让观众心花怒放。取悦自己是取悦于别人的先决条件。

再后来，他的马戏团越做越大，演员来自20多个国家，成了世界一流的演出团体，年收入9亿美元。谈及自己的成功，他永远记得那个擦鞋老师傅的话，也记得那个下午雨停后太阳的笑脸，他给自己的马戏团取了个名字：太阳马戏团。

原载于《知识窗》

直面阳光

文|冯有才

小和尚是个孤儿，在街头流浪时，一次偶然的机会被外出化缘的一位方丈遇到了，于是，他被方丈带回了寺院并剃发出家。就这样，小和尚在寺院开始了新的生活。

小和尚很是羡慕方丈，因为方丈不但受人尊敬，更重要的是，方丈在禅理方面有着很深的造诣。而这些，都是其他僧人所无法比拟的。

小和尚希望能够跟着方丈学习禅理，可是，令他失望的是，方丈却只让他每天守着厨房，给寺庙里的其他僧人烧水煮饭。就这样，小和尚整整做了5年。

5年后的小和尚，成了一位帅气英俊的少年僧人。可是，除了煮饭的功夫，小和尚实在没有发现自己有什么其他的长进了。就这样，在寺庙其他的僧人面前，小和尚一直感觉自己抬不起头来，想到他在寺庙中的地位，更想到他是一个从小被父母遗弃的孤儿，就这样，小和尚越来越感到自卑。

终于，在一个阳光明媚的冬天里的上午，小和尚决定拜别方丈，因为他想去外面的世界走走，感受一番别样的天地。很自然，老方丈答应。老方丈的这一平静的反应着实令小和尚大吃一惊，小和尚感觉到了自己在老方丈心目中的那个可有可无的地位，他很是伤心。

在小和尚转身离开寺庙的那一刻，老方丈叫住了他，并且让他站在阳光底下，背朝阳光，然后问他看到了什么，感觉到了什么。小和尚回答得很干脆："我什么都没有感觉到，只看到自己的阴影。"然后，老方丈又让小和尚转过身子，直面阳光，接着又问小和尚道："这次你又看到了什么，有什么感觉？"小和尚说："我看到了明亮光线的存在，我感觉到了阳光的温暖。"

听到小和尚的这话，老方丈随之抿然一笑。瞬间，小和尚彻然大悟。

当你背朝阳光的时候，你会只看到自己的阴影，因为你用自己的身体遮住了阳光的明亮与温暖。请记住：如果你想让自己的人生明亮且温暖，请直面阳光。

原载于《今日文摘》

至少还有一双完美的脚

文|姜钦峰

读高三那年，刘伟从学校琴房路过时，被美妙的琴声所吸引。他静静地站在门外，听得如痴如醉，几乎忘了回家。回来他告诉母亲："我不想参加高考，让我去学钢琴吧。"母亲想也没想便摇头反对，然后偷偷地抹眼泪。高考倒不是最要紧的，根本问题是，儿子连手都没有，怎么弹琴？

刘伟10岁那年，跟小伙伴们玩捉迷藏，不慎触到高压电线，失去了双臂。在此之前，他的理想是当一名职业足球运动员，并已经是绿茵俱乐部二线队的队长。身体残缺，梦想破碎，残酷的命运，过早地降临在这个懵懂少年身上。由于稚嫩的肩膀扛不起这份沉重，刘伟有过短暂的绝望，但在父母和许多好心人的鼓励下，他终于重新振作起来。时间不长，刘伟学会了用双脚刷牙洗脸、吃饭穿衣、写字，并重新回到校园。这已经是非常了不起的成就，还要学钢琴，在母亲看来，简直是天方夜谭。刘伟固执地说，只要别人用手能做到的事，我就一定能用腿做到。

母亲终于被说服，领着刘伟去了一家私立音乐学院，找到校长办公室，说明来意。校长上下打量眼前这个清瘦的年轻人，见他两袖飘飘，于是直截了当地说："如果你来我们学校，会影响我们的校容！"冷冷的一句话，仿佛一支利箭，深深刺痛了母子俩的心。刘伟强忍着泪水走出门，心里暗暗说道："谢谢你这么歧视我，迟早有一天，我要让你刮目相看。”第二天，母亲就去向亲戚借钱，买了一架钢琴回来。

钢琴有了，老师也请来了。刘伟首先面临的问题，不是怎么弹琴，而是怎样才能坐得稳。人坐在凳子上，双脚放在琴键上，身体失去支撑，重心不稳，一不小心就会往后仰面翻倒。渐渐地，刘伟可以坐稳了，但真正的难题才刚刚开始，他的脚趾虽然灵巧，却无法像手指那样展开，有些琴键够不到。另外，别人遇不到的问题，都成了他的大难题，而且一个接一个。但刘伟以惊人的毅力，克服了常人难以想象的困难，每天练琴超过7个小时。他要跟命运拼命，身体条件无法跟别人相比，自己唯一能做得更多的，就是比别人更辛苦。就这样，刘伟的钢琴水平达到了七级，别人用手，他用的是脚。

刘伟参加过综艺节目《快乐男声》，由于过早被淘汰，并未引起很多人注意。但他毫不气馁，依然努力练琴，默默积蓄，等待下一次机会。失败和挫折，对于他早就成为生活的一部分。早在12岁时，他就开始练习游泳，每天泡在水里拼命地游，由于没有手臂划水，每次都要呛水，就像每天吃饭一样平常。最终，他在全国残疾人游泳锦标赛上夺得两金一银。10岁之前，他的梦想是当足球运动员，失去双臂之后，他最大的梦想，就是在2008年残奥会上取得游泳冠军。当梦想越来越近，命运却再次捉弄了他。因为遭受电击时留下的后遗症，身体健康状况恶化，不能再进行高强度训练。奥运前夕，他被迫放弃了游泳。就这样，梦想再次搁浅。

幸好还有钢琴，当《中国达人秀》选秀开始时，刘伟再次向梦想发起冲击。历时三个月，他以无可挑剔的完美表现，征服了所有评委，以及电视机前的亿万观众。10岁失去双臂，12岁开始练习游泳，16岁学会用电脑打字，19岁学习钢琴，23岁获得《中国达人秀》冠军，这就是刘伟的奋斗轨迹。每当有人为他失去双臂而深深惋惜时，刘伟那张瘦削的脸庞总是阳光灿烂，写满了自信，他说："至少我还有一双完美的腿。"

从来没有一种笑容，如此从容淡定；从来没有一种琴声，如此震撼心灵。

在我们生活的世界里，似乎已习惯了抱怨：工作难找、薪水太低、房价太高……我们总觉得世道不公，命运老跟自己作对，并认为付出的太多，得到的太少。但跟刘伟相比，我们的这些所谓的困难又算什么？许多时候，我们并不是抱怨比别人少了什么，而是为自己的失败找不到合适的借口而抱怨。刘伟是真正的成功者！

原载于《妇女》

中了500万元，还要去上班

文|陈全忠

有个人买彩票中了500万元，于是很多人猜想，有了这笔钱，他应该马上辞去工作，享受生活，到马尔代夫的某个海滩和美女度假，或者开个公司，享受一下自己当老板的感觉，但什么都没发生。中奖的人把钱领回来往银行一存，第二天没事人似的照常准时上班，中午和同事们一起在食堂里吃得欢快。问他彩票中奖是什么感觉，他说，很好啊，钱重要，但不如身边的人重要，待在工作的这个圈子里，比光和钱待在一起踏实。

有个在报社工作的朋友，业余做撰稿人，每月稿费收入在一万元，早已超过工资。我们建议他辞职算了，从那个小都市报社出来，就不受签到、大会小会等条条框框的约束，写稿子的话，心情岂不是更愉快，赚得也更多。朋友说，你不知道我现在就很愉快啦！每天早上坐到办公桌前，不是工作要求，我哪想到去挖掘那些丰富多彩的资讯呢？没有对这些资讯的了解和把握，我哪来的灵感去写更多的稿子呢？

曾经采访过一个叫张博仪的理财高手，年纪轻轻。大学刚毕业的时候，做生意的爸妈就给他在学校旁边买了一套100多平方米的房子。张博仪把它重新利用，除了自住外，还分租给同学，从此开始了“包租公”生涯。按理说，这种人不去找工作，也能生活无忧。但张博仪还是在房地产经纪公司找了份工作，每天跟着经理去各个小区及新建楼盘探查房价，空闲时间还买了一本房屋买卖的书籍研读。

就这样“见习”了一年，他对房地产行业已经相当熟了。没过几年，张博仪用赚取的租金并在父母的帮助下又买进了3套小房子。而且，他买房，尽量挑大学附近的房子，然后打出“带衣服、课本入住即可”的广告语。他凡事都自己来，贴地砖、刷油漆、买宜家打折的低价商品，让每套房子里都有全套家具和电器，并能上网。他奉行低租金策略，由此吸引了不少学生租客。就这样，张博仪一边挣工资一边赚房租，很快积累了他人生中的“第一桶金”。

后来，张博仪发现，出租车辆和出租房屋类似，都可以赚进稳定的现金流。为了解行情，他转行到租车行去当理赔员，此后又跳槽到保险公司，学习处理车祸理赔等，还买了一辆二手车，着手打造第二份租金收入。

现在，张博仪名下有两套房子，银行账户内有250万元，连同储蓄保险和房产，合计资产也有几千万元。

就这么个千万富翁，张博仪还是要去上班。他总结自己的理财经验的第一条就是：储蓄的钱会越用越少，但上班累积的经验只会越来越多。工作不仅仅是一份工资，还是我们愉悦生活、呼朋唤友的圈子，是我们体验人情世故、深入社会肌理的平台。因此，对于有心人来说，上班不是为了赚取工资，而是为了学习知识、收获经验，同时，工作还是让财富不断增值的、放在我们身边的聚宝盆。

原载于《深圳青年》

尊重的力量

文|冯俊杰

日本有家房地产公司，他们打算收购一片地修建商场。开始很顺利，大部分的地都买到手，但是在关键地段有一户人家却怎么也不愿搬走。

那座房子的所有人是一位寡居的老妇人。尽管公司开出的拆迁价格很高，但她仍不为所动，公司多次派人和她商谈，她还是不答应。由于房子位于该区域的中心位置，即使修改规划也无法绕过，这个项目就此陷入了僵局。公司很头疼，老妇人也不堪其扰。一个冬天的傍晚，天上飘着雪，非常冷。老妇人外出买完东西后，就专门绕道来这家公司想告诉他们，房子是无论如何也不会卖的。

来到公司门口，一位年轻的女服务生打开门，微笑着让老妇人进来，并接过她带的伞和包，然后拿出一双棉拖鞋，蹲下来给她换上，这才领她到接待处坐下来。过了一会儿，那个女服务生又走过来递给她一个热手的小暖炉，笑着说：“天太冷了，您拿着暖暖手吧。”

老妇人此前倔强的心，在温暖的屋子里让这个女孩子脸上的微笑融化了。看着脚上那双厚厚的棉拖鞋，手中握着的暖炉，她改变主意了。这时候经理出来了，连忙招呼妇人进办公室，但她摆摆手，没说什么就离开了，留下了莫名其妙的经理。

第二天，这位经理忽然接到老妇人的电话，说她愿意把房子卖掉，这对公司来讲可真是莫大的喜讯，他们赶忙来到老妇人的家，生怕她改变主意。签好合约后，经理忍不住问道："请问是什么令您改变了主意？我们几乎要放弃了。"

老妇人回答说："我和老伴在这里住了几十年，前几年他去世了，这个屋子有我们一辈子的回忆，我实在是舍不得离开。昨天去你们公司，门口那个女孩子替我换拖鞋时，笑得那么温暖，还给我暖炉来暖手，并没有因为我是个顽固的老家伙而怠慢。我很感动。有这么好的员工，我想公司应该可以建很漂亮的大楼，给更多的人提供方便吧！"

经理这才恍然大悟，后来，他不仅赞扬了那位女服务生，还把这个案例在全公司推广。

拆迁款的高价没有打动老妇人，一个小职员的温暖举动，反而让她改变主意。渴望尊重是每一个人的需要，满足了别人的心理需要，自然也会赢得别人的尊重。尊重比金钱更有力量。

原载于《都市心情》

作弊的代价

文|王治国

去年初冬的一天，南方某城一座商业大厦发生了一场特大火灾。正当消防干警进入楼内灭火时，大厦突然坍塌，十余名干警瞬时被埋在一片废墟中。

大厦为什么会突然坍塌？事故调查结果表明，此楼有明显的设计缺陷和偷工减料现象，系典型的“豆腐渣”工程。铁证如山，大厦的建筑承包商被绳之以法。当记者采访他时，他涕泪纵横地讲述了他在工程审批上弄虚作假，在施工过程中偷工减料的过程。

谁也不会想到，这一切竟都发轫于这个承包商在学生时代的一次改变了他命运的作弊行为。

20世纪70年代，他就读于一所乡村小学，那时县里唯一的一所重点中学成了大家向往的地方，尽管他的学习成绩在学校里出类拔萃，但与其他学校的学生相比还是有不小的差距。于是，在升初中的考试中他急中生智，实施了他生命里第一次惊心动魄的作弊行动。结果他梦想成真，从千军万马中脱颖而出，成了那所重点中学的学生。

他怎么也不会想到，就是这一次作弊成功为他今后的人生道路埋下了伏笔，彻底改变了他的命运。

升入重点中学以后，他立志以自己的实力来赢得荣誉。通过努力，他的成绩终于扶摇直上，但是他并不满足，希望跻身于尖子生之列。于是在一次期终考试中，他故技重演，结果自己的成绩排在了全年级前三名。此后三年，他对作弊情有独钟，屡屡得逞，并且技艺达到了天衣无缝的地步。

当作弊成为一种习惯，侥幸心理和一劳永逸的思想便开始在他的心头滋生蔓延。他渐渐地放松了学习，虽然成绩一路下滑，但他总是能凭借高超的作弊技巧保持尖子生的地位不动摇。

转眼到了高考，在考场上如坐针毡的他再一次开始了在他的作弊行为。当他拿出长长的作弊笔进行作弊时，被巡考老师当场抓住。他被取消了考试资格，从此与大学无缘，只得跻身于当地一家建筑技校。后来他参加了成人高考，凭着娴熟的作弊技艺，竟也取得了大学文凭和工程师职称。再后来，他成了一家建筑公司的领导，在商业大厦的招投标会上，他实施贿赂，如愿以偿地拿到了承建权，并在施工过程中他再次实施了“作弊”，偷工减料，瞒天过海……

当他身陷囹圄时才恍然明白，自己正是在种种考场作弊和商场舞弊中迷失了做人的良知和商业道德！

生存的竞争归根结底就是智慧和才能的竞争。靠作弊赢得的荣誉再大，也暗淡无光，作弊的人迟早会落个南郭先生滥竽充数的下场。

不要让作弊使你的人格光环蒙上一层阴影。作弊固然需要制度的束缚和约束，但也同样需要我们在心灵上加以拒绝。诚实的人是不作弊的，自信的人是不作弊的，尊重知识的人是不作弊的，爱惜名誉的人也是不作弊的，因为他们深知作弊是一剂毒药，它直接损毁的是你的信誉，让你变得贪婪，变得虚伪，养成不劳而获的恶习。

当作弊成为一种习惯，学习便成了一种敷衍；当作弊滋生蔓延，公平竞争就成了一纸空文；当作弊成为一种社会现象，若不加以遏制，社会和民族又有何前途可言？试想，一个作弊的学生怎么会懂得劳动与付出的价值观，一个作弊的民族又怎么会强大和进步呢？

大厦倒塌了可以重建，而一旦你的信誉在别人心目中坍塌了，就很难再复原。你的名誉价值连城，你怎么舍得用一点点考分就把它出卖了？作弊的代价实在太高了！

原载于《人生十六七》

愿你拥有一份骄傲的任性

文|路勇

“梁朝伟有时闲着闷了，会在中午临时去机场，随便赶上哪班就搭上哪班机，比如飞到伦敦，独自蹲在广场上喂一下午鸽子，不发一语，当晚再飞回香港，当没事发生过，这才叫生活。”这是多年前的一条微博，梁朝伟喂鸽子的内容，让许多人羡慕，也让很多人突然发现，比名利、财富更值得骄傲的，是骨子里的那份任性。

很多人会说，梁朝伟是大名鼎鼎的明星，要钱有钱，要名誉有名誉，要地位有地位，完全有资格来一次说走就走的旅程。而我们只是忙碌的平凡人，生活中，有着纷至沓来的重担，有着扑面而来的压力，不管是万里之遥的英国伦敦，还是不远处城郊的农庄，都不是可以说去就去的。话说得貌似很有道理，然而，我们真的忙得不可开交吗？很多时候，我们并不是忙得团团转，只是我们深陷无谓的忙碌中，习惯了工作和生活一团糟的模样。

可是，我们常常看到，许多事业有成的人，却显得那么悠闲和任性。这并不代表他们不再忙碌，只不过他们一边是忘我工作的人，一边却是最懂得休闲乐趣的人。忙，并不是我们舍弃休闲的理由，休闲不应该是忙里偷闲的匆忙，而是劳逸结合的从容。懂得休息才懂得更好地工作，最好的职员是工作时全力以赴，而不是在加班时拼劲十足。永远都在忙的人，工作时间忙，休息时间也忙，不是刻意地装忙，便是做事效率格外低，不值得提倡和效仿。

曾经有一封辞职信很火爆，这是一位老师的辞职信，只有短短10个字："世界那么大，我想去看看。"一分诗意，几分潇洒，如此风格的辞职信，获得的却是一大片的艳羡。艳羡之后，也有很多人为这位老师担忧，"看完了世界，难道你就不要生活了？"比起一份安稳的工作、一个看得见未来的前途，外面的世界再好，也抓不住芸芸众生的心。殊不知，这一眼看得见底的人生，该是多么的无趣和乏味，人生因此也黯然失色。

或许有人说，等到功成名就之时，我也有潇洒走四方的勇气。可是，并不是每个人都会迎来梦寐以求的成功，大部分都是平凡的一生。就算成功，一千个人也有一千种模式，人最难的并不是认可别人的成功，而是对自己发自内心的那份赞许。我们总是在奋斗，奋斗是没有止境的过程，最终我们输给的不是自己的不努力，而是输给了那些时时刻刻想要奋斗却一事无成的时光。

一些初出茅庐的青年，他们拥有的是完全未知的未来。可是，就算他们的口袋里没有多少钱，但也能无惧无畏地勇敢地上路，去拥抱充满神秘的风景和人生。因为他们明白，这样做是一种快乐，和当下的清贫关系不大，和内心渴望的自由息息相关。不用去想未来如何评断这一段人生，任性就是青春最大的骄傲和资本。走过的路，不仅会被行走的脚步记住，也会沉淀在成长的岁月里。

不管是谁，不管在怎样的年纪，身处怎样的困顿或拥有怎样的辉煌，都可以让自己的心拥有骄傲的任性。愿你拥有一份骄傲的任性，愿你在高速旋转后可以安静地小憩，愿你能够永远自由行走或无拘飞翔。

原载于《合肥晚报》

与乌鸦为邻

文|沈岳明

不知从何时起，戴维斯家院子里的一棵梧桐树上竟然多了一个鸦巢。鸦巢正好对着戴维斯的卧室，每天天刚亮便有两只乌鸦在树上飞来飞去，它们是一对乌鸦夫妻，总是哇哇地叫着将戴维斯吵醒。这对乌鸦让戴维斯每天至少要少睡两个小时。

每当被乌鸦吵醒后，戴维斯便会冲它们破口大骂，还将牙刷、牙膏和口杯向它们扔去，可是这些举措根本就不管用，它们依然每天准时哇哇地叫着将戴维斯吵醒。终于有一天，忍无可忍的戴维斯决定将这个鸦巢捣毁。正好乌鸦夫妻不在，戴维斯找来一根长竹竿，只几下便将鸦巢从树枝上捅了下来，令戴维斯吃惊的是，鸦巢里竟然还有两只刚出壳的小乌鸦，从高高的树枝上跌到地面竟然还没有被摔死。

戴维斯解气地回到家里，以为失去了鸦巢的乌鸦夫妻会从此远走高飞。没想到第二天一早，它们又准时在树上哇哇地叫了起来。戴维斯仔细一看，见树枝上又多了一个新鸦巢，肯定是它们连夜筑成的，鸦巢里还有两只张嘴讨食的小乌鸦，看来它们是被自己的父母救了。

可是，还没等戴维斯想出第二个对付这对乌鸦夫妻的办法来，戴维斯的妻子玛丽娅便惊慌地跑来跟戴维斯说，他们的女儿芬妮今天早上遭遇了两只乌鸦的袭击，幸好玛丽娅在女儿的身边，不然后果将不堪设想。当时的情况是这样的：当玛丽娅推着刚满六个月的女儿芬妮外出散步的时候，两只乌鸦突然飞离树枝直向芬妮扑来，玛丽娅立即挥起衣袖驱赶，两只乌鸦见无法接近芬妮，便分别在芬妮的婴儿车里拉了两泡鸟粪。

这两只可恶的乌鸦分明是在报复戴维斯！于是，戴维斯又想出了好几种对付乌鸦的办法，比如用水枪射击鸦巢，向鸦巢里喷石灰粉，可是都无法将它们赶走。当然，戴维斯也遭到了乌鸦的报复，戴维斯的女儿芬妮只要一出门，乌鸦便会在她的婴儿车里拉鸟粪。有时戴维斯真想一枪将这两只乌鸦打死算了，可在澳大利亚是不准随便猎杀动物的，除非它威胁到了人类的生命。

身心俱疲的戴维斯实在想不出更好的办法了，戴维斯甚至想到了搬家。这时妻子玛丽娅说，不如我们不去理会它们了，随它们去吧。戴维斯想想，也只能这样了。在较长的一段时间里，戴维斯真的不去理会那对乌鸦了。它们竟然也没再来报复戴维斯。

戴维斯每天早上依然会被乌鸦的叫声吵醒，醒来后为了躲避乌鸦的叫声，戴维斯便和玛丽娅一起推着芬妮去散步。慢慢地戴维斯发现，每天早晨，他们一家人一起散步的时光竟然是如此美好，戴维斯甚至后悔当初为什么要睡那么多觉，以至于浪费了这么多用来和家人一起散步的时间。玛丽娅说，这都是因为那对乌鸦将你吵醒的结果。于是戴维斯开始喜欢起这对乌鸦来。

一个狂风暴雨的夜晚过去了，早上醒来，戴维斯竟然没有听到乌鸦的叫声。那对乌鸦夫妻可能被风雨折伤了翅膀，正低着头在树上伤神呢。而它们的两个孩子却在地上哇哇地叫着没人理睬。戴维斯当即找来梯子将两只小乌鸦小心地放回了鸦巢。很快，乌鸦又恢复了往日的活跃气氛。

有一天，戴维斯在房间里收拾东西，妻子玛丽娅在厨房里忙碌，他们的女儿芬妮则在院子里晒太阳。戴维斯突然听到院子里有乌鸦的惨叫声，原来一条蟒蛇已悄悄地接近了他们的女儿芬妮，树上的乌鸦第一个发现后飞下来与蟒蛇搏斗，结果被蟒蛇所伤，戴维斯闻声赶到后立即用猎枪结果了蟒蛇。吓得目瞪口呆的玛丽娅将芬妮抱在怀里哭了好长时间。是乌鸦救了他们的女儿！从此，他们与那对乌鸦夫妻成了好邻居好朋友，只要它们有难他们便会伸手援助，而当他们有需要的时候，它们也会帮忙。

这件事让戴维斯明白了一个道理：在生活中，我们常常会忽略自己的同事、邻居和身边的人，因为距离太近，他们有时会吵到我们，打扰我们的生活。可是，同样因为距离近，在我们需要帮助的时候，也正是因为有了他们的出现而使我们尽快摆脱了困境。也许他们的面貌不尽如人意，也许他们的性格与你不太合得来，但只要你真诚地去对待，你便会发现，他们每个人都拥有一颗火热的心！

原载于《课外阅读》

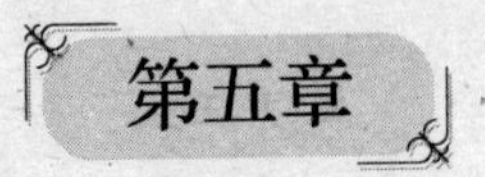

智慧是人生的梳子

智慧像梳子一样，帮助你梳理清楚杂乱的想法，将你陷入低谷的心情拉出来，给你正确的参考标准，以及贴心的建议，来扭转你钻牛角尖的思维，还有许许多多想当然的误解。

就好像在晴朗的秋天，聪明的主妇巧妙地统筹安排，迅速地打扫完地面，洗干净衣服，修剪好花园，然后坐在阳光下的椅子上，享受一切。

15分钟法则

文|尹玉生

她是一个活力四射、极富感染力的讲演者。今天，她要为到场的300多位渴望减肥的观众进行现身说法，帮助他们成功减肥。她首先展示了一张照片，当观众认出照片上的人就是她本人时，现场发出了一阵阵的惊叹声。照片上的她是一个病态的超级肥胖女人，与眼前健美而匀称的她相比，简直判若两人。“千真万确，我成功减掉了60斤！”观众已经被她深深吸引，聚精会神地开始聆听她的演讲。

她认真、详细地讲述了过度肥胖带给她的苦恼和伤害，讲述了自己如何痛下决心，更改饮食习惯，坚持运动，从不妥协的过程，以及成功减肥带给自己的巨大成就感和喜悦。她的经历极大地鼓舞了现场观众。

在现场问答环节，一个肥胖的中年男子问道：“当你喜爱的零食出现在你面前，你如何抵制美食的诱惑？当你心情不好，不想出去锻炼的时候，你如何说服自己？”

“让我告诉你我的一个秘密招数吧。”她毫不保留地说道，“我把它叫作‘15分钟法则’。每当我萌生了想吃某种我喜爱的食物的念头时，我就会对自己说：虽然不应该吃它，但我允许你吃它，不过得等15分钟之后。通常，在这15分钟之内，总会发生点什么，我要接一个电话，发一封电邮，或者某人突然造访。说出来你可能不信，即使什么事情也没发生，临时萌生的那个想吃的念头也会消失得无影无踪了。”

她接着说：“说到锻炼，我也经常会遇到阻挠：今天太累了，就歇一天吧；今天天气不好，就不去健身房了吧；今天有个好节目，在家看一次电视吧。每当这时，我都会跟自己协商一下：好吧，今天就出去锻炼15分钟，只是15分钟，什么也不会影响的。以我自己的经历，90%的情况下，这15分钟都会轻易地战胜你内心的不情愿，至少到目前为止，我还没有一次在健身房只练了15分钟就出来的。”

她最后总结道：“15分钟是一个恰当的时间段，说长也长，说短也短。15分钟够长，它足以让你在诱惑面前走神、分心，从而抵制住诱惑；15分钟够短，只是一眨眼的工夫，它足以让你克服畏难情绪，熬过这15分钟。15分钟法则并不仅仅适用于减肥，还适用于生活中的方方面面。请大家今后多试试这个法则吧。”

原载于《环球时报》

风景比攀登重要

文|朱国勇

如今，随便翻开一本青年杂志，都能看到许许多多的励志短文。这些文章无一例外地有一个共同点，就是主人公经历了许多的苦难与挫折后，终于获得了令人羡慕的成功。不可否认，这些文章一般都有一个很好的角度，充盈着一份激动人心的力量，主人公有着极具感染力的人格魅力。但是我想，这样的文章看多了，会不会使人产生一种误解，让人以为，只要付出足够的努力，就一定能成功？

其实，功成名就、大富大贵的毕竟是少数。寻常烟火、平凡生活才是人生的常态。整个社会就如一座金字塔，无论社会如何发展，个人如何努力，能站到塔尖的都是极少数。我们往往只看到成功者的风光，却不知道，还有许许多多人，也同样的努力拼搏，却终其一生默默无闻。同这些成功的幸运儿相比，默默无闻者的数量是庞大的。比如，中国学钢琴的孩子千千万万，却只出了一个郎朗；写博客的人万万千千，但能成为作家的也只有少数的几个。有些事，不是说努力、奋斗就能办到的，天时，地利，人和等等因素，千头万绪，缺一不可，“成功”本天成，妙手偶得之。

我有个远房亲戚，从小成绩优秀，性格开朗。一个偶然的机会，他在一部电视剧里，出演了一名中学生。分别时，导演对他说："你很有表演天赋。"就这么一句简单的话，却给他带来了噩运。从此，他一心扑在表演上，找来许多表演类的书籍自学，最终耽误了功课，导致高考落榜。后来，他去了北京，在北影做了一名旁听生。为了获得旁听的机会，他的父母花光了多年的积蓄。如今他终于毕业了，可是几年下来，只演了几个无关紧要的角色，片酬连自己都养不活。前一阵，他又打电话回来说有个导演很赏识他，但是需要钱。他的父母只好把住房也卖了。

一想到他，我就感叹，如果当初那个导演没说他有天赋，让他安心读书高考，现在应该是一名普通的都市白领，有着一份体面而温馨的生活。或许他确有几分表演天赋，但是这点天赋与影视明星们相比，不知还差了多少。

文章看到这里，也许有的读者会在心里纳闷：你到底想说什么啊？难道是要劝我们安于现状放弃奋斗吗？那社会还怎么进步？

其实，我不是让大家放弃奋斗，而是想让大家做一个智慧的人，在"知足常乐"与"拼搏进取"之间找到一个好的结合点。做好自己能做好的，放弃自己做不好的，做一个成功的普通人。

人生就如登山，风景永远比攀登重要。我们去爬山，目的是欣赏风景。我们也努力攀登，但却是为了更好地欣赏风景以及欣赏更好的风景。如果你忽略了身边的风景与美好，一味地只知攀登高远，那你的心灵一定很疲惫。即使有一天你真的登顶了，你也会怅然若失：这么辛苦地爬上来，到底是为了什么？

如果有一种攀登无法让我们欣赏风景，那还攀登它干什么？

原载于《特别文摘》

高明的演讲课

文|沈岳明

美国演讲大师哈利森·布克莱，曾经受聘于一家养生机构，专门针对养生与长寿这个话题作过一次演讲。由于哈利森·布克莱有着非常杰出的演讲才能，为了一睹他的风采，更为了能从他的演讲中获得知识，所以吸引了不少人，特别是老年人的参加。因为相比年轻人而言，老年人更注重养生与长寿。

哈利森·布克莱首先举了一些成功的企业家的例子。哈利森·布克莱说，很多企业家，不但年轻时勤劳，甚至到了退休的年龄，依然在一线奋斗着，他们总是不知疲倦地走在这个社会的最前沿，引领着整个时代的浪潮。

哈利森·布克莱的话，引起了助理的警觉，这明明是一堂关于养生与长寿的演讲课，怎么变成了成功创业的励志课？于是，助理悄悄地递给了哈利森·布克莱一张纸条，提醒他，是不是拿错了演讲稿。

可是，哈利森·布克莱却毫不理会，并继续讲了下去。哈利森·布克莱说，正是因为他们对工作的热爱，所以不知疲倦，也正是因为他们不知疲倦地付出，让他们收获了别人无法收获的东西，那就是巨大的财富和荣耀！

这时，助理急得直向哈利森·布克莱使眼色，他不能再错下去了，台下的观众也开始骚动起来。

接下来，哈利森·布克莱的话锋一转，又举了几个例子。他说，不少人到了退休的年纪，便渐渐地淡出了工作岗位，并且主要兴趣也慢慢地转向于“玩”。由于玩得高兴，所以最终会让他们完全放弃工作。他们有的会去旅游，有的会去钓鱼，有的会去跳街舞……

这不是明明白白地告诉大家，不要玩物丧志吗？助理急出了满头大汗，特别是养生机构的总裁，一直在后台静静地听着的他，再也忍不住了，怒吼道：“简直太糟糕了，如果他再不立即停止演讲，我将令保安强制将他拖下讲台！”

几名保安悄悄地接近了讲台。就在这时，哈利森·布克莱提高了声音，说：“对于大多数，到了退休年龄的人士来说，尽管继续努力工作，会获得巨大的财富上的成功，但对于会玩的人来说，则会更加长寿！”

一句话，让助理大大地松了一口气，同时养生机构总裁也露出了笑脸，观众席上则响起了持久而热烈的掌声。

原载于《特别文摘》

智慧是人生的梳子

文|冯俊杰

我常常想起一则广告：一个挺时髦挺现代的男人，指着一台电视说，“你以为这是电视吗？这是音响！”又指着一套音响说“你以为这是音响吗，这是电视。”

所以我每次看见一些情感纠葛或工作及生活烦恼的时候，就会认为，这简直是在重播那个广告嘛！

比如，有个女学生跟着一位老教授学习。有一次，她做实验的显微镜出问题了，不得不去请教教授。但她只见教授忙着在计算机上做事，不耐烦地冲她挥手。她被赶了回来，很沮丧，坐在实验室里胡思乱想，自己做错了什么，让他如此不高兴？就这样没头绪地痛苦了一个多小时，忽然教授匆匆赶到实验室，问她：“怎么啦？哪里出了问题？”她才松了一口气。后来才知道教授的计算机恰好也出了问题，丢失了上周实验的所有数据，他正在恼火呢。

你看，女学生以为是自己做错了事情，其实不过是教授正在为别人的事恼火。

还有一个小故事。爱脸红的男孩对心理专家说：“我是个挺内向的人，不知道怎么和女孩说话。”

“你想对女孩说什么呢？”专家问。男孩说：“我们公司新来了一位前台小姐，挺活泼的，我想请她吃饭，就是说不出口。”“为什么说不出口？怕什么？”专家问。“怕，怕她不愿意……”男孩犹疑了一下，还是说出来。

“如果你永远不敢问，就永远不可能知道她到底愿意不愿意，对吧？好，我们假设你问了，她说：‘哦，不成，今天下了班我有事，改天吧。’你会怎么样？”

“我会很尴尬，很没有面子，心里觉得很不舒服。”

“为什么心里会这么不好受？”

“她肯定觉得我不自量力、挺讨厌的、很土气、挺……”随着加在自己头上的负面形容词越来越多，男孩的脸色也变得越来越阴沉。专家说：“你怎么能肯定她有这些想法？那是你对自己的看法吧？如果我听到她的否定回答，会想到，可能她确实有事；或者你们刚认识，她觉得吃晚饭太正式了，那你可以邀她一起吃工作午餐呀；再或者，人家有男朋友了，不便再接受你的邀请。最后，如果她真是不喜欢你，至少你有机会了解，什么样的女孩不愿意和你单独交往，这也是一种学习的收获呀！”

结果，男孩真的试着邀请那女孩吃饭，她欣然接受了。男孩了解到她的确已经有了男友，但他们成了好朋友。而男孩的第一位女友，就是这位女孩介绍的。

瞧，男孩以为是事实，其实那不过是他的想象，根本不符合实际情况。许多的烦恼，都来自认识的偏差。要解决，就需要心灵的智慧。

智慧像梳子一样，帮助你梳理清楚杂乱的想法，将你陷入低谷的心情拉出来，给你正确的参考标准，以及贴心的建议，来扭转你钻牛角尖的思维，还有许许多多想当然的误解。

就好像在晴朗的秋天，聪明的主妇巧妙地统筹安排，迅速地打扫完地面，洗干净衣服，修剪好花园，然后坐在阳光下的椅子上，享受一切。

原载于《都市心情》

给思维转个身

文|朱砂

1881年7月，美国总统加菲尔德在华盛顿车站遇刺，身受重伤，住进了医院。

时值盛夏，天气闷热难耐，病床上的加菲尔德总统危在旦夕，急需进行手术。

由于室内温度太高，医生指出，只有将温度降低到30摄氏度以下，才能保障手术的安全。

无奈之下，政府只好把这一重任交给了一名叫谢多的美国工程师。

谢多曾经在矿山工作过，有着丰富的井下作业经验，他知道怎样对煤矿行道内的空气进行稀释，从而使瓦斯的浓度降到最低。然而，给室内的空气降温，在此之前的若干年，别说是谢多，就连一些科学家们也从来没想到过，在许多人的经验中，除了高山上的冰雪，这世上根本就找不到可以人为降温的方法。

谢多是位善于思索的工程师，他想，既然空气经过压缩之后会释放出热量，那么如果压缩后的空气恢复到原来的正常状态，是不是会吸收热量呢？

谢多立即动手进行实验，结果发现把压缩的空气还原，可以使周围的空气冷却。结果，谢多给总统的病房安装了这样的机器，成功地使室内温度从37摄氏度降到了25摄氏度。

由此一来，谢多成为世界上第一台空调的发明者，进而使自己从一名默默无闻的工程师一跃成为一种崭新生活方式的创造者，而他所做的，仅仅是在众所周知的普遍原理的基础上，转变了一下思维而已。

不只是谢多，世界上巧妙利用逆向思维让自己走向成功的事例还有很多。

据资料记载，曾经在一次欧洲篮球锦标赛上，保加利亚队与东欧劲旅捷克斯洛伐克队相遇。

当比赛只剩下最后的8秒钟时，保加利亚队以2分优势领先，如果不出意外的话，保加利亚已稳操胜券。然而欧锦赛采用的是循环制，保加利亚队必须赢球超过5分才能获胜。然而要利用仅剩下的8秒钟再赢3分，谈何容易？

人们认为保加利亚队大势已去，就连保加利亚队的队员也垂头丧气地预见到了球队将被淘汰出局的噩运。

然而就在这时，保加利亚队的教练突然请求暂停，他把队员招集到一起，轻声地嘱咐了几句。

暂停时间到，比赛继续进行。

当赛场上的观众都在等待终场的哨声响起时，重返球场上的保加利亚队员却做出了让全场瞠目结舌的动作。只见一名保加利亚球员突然运球向自家篮下跑去，没等人们回过神来，这名球员迅速起跳投篮，球应声入网。

全场观众目瞪口呆，与此同时，裁判吹响了终场的哨声。

当裁判员宣布双方打成平局，将进入加时赛时，观众们这才恍然大悟，原来保加利亚教练是在合理利用比赛规则，故意让已经输定的比赛打成平局，这样就将把双方带入加时赛，为自己的球队赢得了扩大比赛分数的机会。

加时赛的结果：保加利亚队赢了6分，如愿以偿地小组出线！

比赛结束后，人们不禁惊叹，是保加利亚队教练用自己出人意料的逆向思维，为球队创造了一次起死回生的机会。

一条路，当我们清楚地看到它的前方是条死胡同时，不妨试着转个身，也许柳暗花明的惊喜就在眼前！

原载于《辽宁青年》

沙漠不够宽

文|朱国勇

今年五月，在徽州的古石桥边，一个两鬓斑斑笑容浅淡的老人给我讲了这样一个故事。

清朝时，一位老人带着自己的儿子，渡长江，跨黄河，穿陕甘，把货物卖到新疆、西藏。在穿越塔克拉玛干沙漠时，风尘仆仆、一路劳顿的儿子不由抱怨："这沙漠实在太大了！要是小点儿就好了。"老人抽了一口旱烟，再悠悠地吐出烟圈："不，孩子，这沙漠还不够大！要是再广阔一些就好了。"年轻人听了，一脸的疑惑。

"如果这沙漠再宽广一倍，那么，来这里经商的人十成中至多只剩下一成。这样，我们的利润就能翻上几番。"

沙漠的风，干燥而凛冽，刮在脸上像小刀子在割一般。但是，年轻人心却忽然亮堂了。在灰蒙蒙的天空下，年轻人直了背，目光也无比坚定起来。

几十年后，这个年轻人的名字传遍了天下。他叫胡雪岩。

"商不畏险"说的就是这个道理。

这个故事，我写在了一篇随笔中，不久，发表在了《黄山日报》上。一周后的一个晚上，一位四十多岁的店主捧着厚厚一卷《汪氏族谱》特地找到了我。抚着枯黄斑驳的族谱，憨厚的店主又给我讲了这样一个故事。

古徽州，三山六水一分田。普通人家那点儿田产，是无法保障一家衣食的，为了生活，一般情况下长子继承家里的田产房屋，其余的儿子，只好出外行商，以谋生计。有汪氏两兄弟，老大留守家园，老二贩卖茶叶行于四方。过年的时候，两兄弟又聚到了一起。老大看着黑瘦了一圈的弟弟，心疼地叹息着："要是家里的田产再多一点，你就用不着四处奔波了。"老二微笑着摇摇头："家里的田产要是再少一点就好了。"

看着大哥疑惑的目光，老二接着说："这样，大哥就不得不跟我一起经商了。每次采购茶叶，为了防止伙计从中获利，都要派出两个以上的伙计。有大哥在，就可以省人力了。"

老大听了，觉得有理，过完年，就将田产变卖，跟着弟弟经商去了。两兄弟，一个负责山区采购，一个在城里茶庄当掌柜。配合默契，没几年，就富甲一方。

衣锦还乡的两兄弟在徽州建了一座汪氏族人聚居的村落，这就是我们今天看到的宏村。

窗外的霓虹闪烁一片，整个城市笼罩在一片光晕之中。故事说完了，店主满怀期待地看着我："这是我先祖的真实故事，你能把这个也写出来登在报纸上吗？"我微笑着点了点头。

两则故事，异曲同工。"徽商"之名播于四方，果然名不虚传。当别人看到的是困难时，徽商看到的却是商机。

大的困难，险的道路，往往意味着更大的机会。正如古人所云："行之愈险远，则风景愈奇。至平至坦之途，机会鲜矣。"

原载于《意林》

天使永远懂得微笑

文|冯有才

比尔出生于美国加利福尼亚州的一个知识分子家庭。他的父亲毕业于英国剑桥大学神学院，而他的母亲则是加利福尼亚大学的一名哲学讲师，站在遗传学的角度分析，比尔应该是一个非常有出息的孩子，至少，与违法犯罪扯不上关系，可事实上，他却让他的父母亲伤透了心。

从14岁开始，比尔就一直不停地闯祸，由于受身边不良朋友的影响，他也从最初的小偷小摸发展到了吸毒诈骗，最后因抢劫入狱。对于堕落的比尔，他的父母亲伤透了心，但从未死心。这一切，都源于比尔小时候的一篇作文。

比尔入狱后，他的父亲经常去探视他，对此，比尔毫无反应，更不必说什么改过自新了。直到有一天，他的父亲满怀激动的心情，带了整整一箱子的照片来到了比尔的面前。他希望狱方能够把这些照片贴在比尔的监牢里。因为以前从未遇见过这样的特殊要求，对此，狱方一直拒绝接受，相持一个多月后，比尔的父亲将这件事告知到了加利福尼亚州议会，并与美国最具影响力的媒体《华盛顿邮报》和美国有线电视新闻网取得了联系。这件事情，在当时的美国引起了一片哗然，因为比尔父亲的行为，不只是挽救比尔，更是人性的一次测验。

那满满一箱子装的，是比尔从刚出生到11岁时的照片，每一张都充满着含苞的微笑。照片的底下，配有一行文字说明：

“1960年7月20日，可爱的小比尔出生了，这是他来到这个世界的第一次微笑，尽管是睡着的。

”1963年2月，调皮的小比尔从沙发上摔了下来。我们花了14美元，买了一个新的芭比娃娃。他举着捆着绷带的手，痛苦而又甜蜜地微笑。

“1963年5月，比尔第一次坐汽车，这是他躺在后排的沙发上，歪着头傻笑……”

和这些照片放在一起的，还有一篇作文，那是比尔读一年级时写的，在作文中他写道：“由于突然降温，邻居家的黑人小男孩约翰在放学时鼻子都冻青了，我把我的外套脱下来给了他，他很开心。我并不觉得黑人低人一等，我觉得约翰也很可爱，我给约翰带来了温暖，看见他的微笑，我很开心，我感觉自己像个警察，像个天使，像个救世主。”

随后，《华盛顿邮报》全文刊发了比尔的作文和照片，并呼吁加州的有关当局能给予比尔父亲一次机会，让比尔找到自己人性最善良的一面。迫于媒体和州议会的压力，狱方最终同意了这个看似荒唐的“试验”。

这些照片和信被挂在了比尔独处的牢房之内，与比尔相伴了一个多月。这一个多月里，比尔显得很安静，没有看报纸，没有看电视，甚至都没有出去活动过，他把自己关在了房里，每天看着照片，写着日记。

随后，比尔的这本日记，也成了全美国人的目光焦点。日记本里记录的是比尔这些日子里的想法，日子的最后一页，比尔写下了一句话——天使永远懂得微笑。

三年后，比尔出狱了，并且，他参加了警察考试。要知道，在美国，法律规定有犯罪前科的人，是不能参加警察考试的，比尔的父亲这次亲自写信给当时的美国总统老布什和美国国会，希望能够给比尔机会。在媒体的关注与众人的关心下，最终，加利福尼亚州州议会讨论并通过了这项关于比尔参加州警察局警员资格考试的决议。这也是迄今全美国唯一一次允许有犯罪前科人员参与的警察考试。

比尔很争气，当年，他成功地考入了加利福尼亚州警察局。随后，他又多次获得了加州卫士和泛美和平警察奖等多项荣誉称号。

如今的比尔，仍然供职于美国加利福尼亚州警察局，同时，他还兼职美国多所监狱的心理咨询师，经常与犯人们沟通心理和心情。

比尔说，其实他一直活得很快乐很充实。他要感激父亲的亲情融注，感激自己幼年时的天使微笑，感激那件温暖外套和那篇作文，这些，都成了他的动力。

就像比尔一样，其实在这个世界，每一个人都能成为天使，只要他懂得微笑。

原载于《青年文摘》

三只兔子不可追

文|查一路

儿时，我家住在乡村。我们姐弟三人，跟着乡村的孩子捕鱼捞虾，而我父亲却把我们捞的鱼虾全部倒进河沟里；我们跟着其他的孩子采野果，而我父亲却将野果扔掉。

父亲在这样做之后，总恶狠狠地留下一句话："将军路上不追兔！"对父亲的行为，我们大惑不解。我大姐翻着白眼："我们没有追兔子呀？"我二姐挠挠头说："何况我们又不是将军！"我们姐弟三人都不理解父亲这句话的意思。

后来，父亲给我们讲了一个楚王打猎的故事。

在狩猎的现场，一只兔子从草丛中蹿出，楚王正要射箭时，忽然从他的左边跳出一只山羊，于是他把箭头对准了山羊。正在此时，右边又跳出一只梅花鹿。楚王又重新掉转箭头对准了梅花鹿。忽然从树梢飞出了一只珍贵的苍鹰。楚王最终选择了苍鹰，待要瞄准时，苍鹰已迅速在空中划过一道弧线远遁而去。待到楚王回过头来找其他的猎物时，前面的目标早已无迹可循。楚王拿着箭比画了半天，结果一无所获。

听完了故事，才明白父亲前面说的话。自此，姐弟三人心无旁骛，终以优异的成绩完成学业。

大学时代，一位学术成就很高的老师深有感触地现身说法：人生有三只兔子不可追。少儿时代，教室之外嬉戏玩耍是一只诱人的兔子，你若去追赶它，它就带给你荒废的一生；青年时代，校园之外名利富贵是一只诱人的兔子，你若去追赶它，它就带给你虚荣的一生；中年时代，社会之上灯红酒绿是一只诱人的兔子，你若去追赶它，它就带给你堕落的一生。

我的老师学贯中西、名满天下，他对我们说，你们别羡慕我，在人生之秋收获丰硕的成果，说难也难，说容易也容易，只要抵挡住诱惑，不去追那三只兔子，业绩往往水到渠成。

与其挖许多浅浅的井，不如挖一口最深的井。放弃多个目标是为了集中精力实现一个目标。所以，当你要赶路时，不要被草丛中蹿来蹿去的兔子弄得眼花缭乱，从而偏离了前进方向，记着自己是在赶路，唯一要干的是：看脚下，看前方。

原载于《青年文摘》

高僧的智慧

文|冯有才

夕阳西下，寺庙里，一群小和尚围着老方丈席地而坐。

老和尚手持一把扇子悠然自得地摇着，小和尚叽叽喳喳，问老和尚道：

“师傅，什么样的人才能是高僧，是智者啊？我们都想做高僧，做个智者呢。”有个小和尚眨着眼睛说。

老方丈眯着眼，笑道：

“达摩祖师爷有一大群弟子，其中有三弟子和小弟子两个人最为赞誉，被你们称为高僧，称为智者，称为大师，总之，当时能用的称谓都用上了。忽然有一天，达摩祖师爷让这两个弟子云游四方，普度众生，两名弟子欣然而应。于是，两个人就一起下山了。

“后来，两个人都做了不少好事。当然，也因此受到不少赞誉，只是两个人在助人时的性格迥然不同。三弟子一直都是默默无闻地帮助着别人，只要别人有需要，他都绝不吝啬。小弟子就不一样了，他每隔半年就跑到深山去了。于是，很多人都认为小弟子喜欢偷懒。同样是高僧，但对三弟子的评价总远远比小弟子多得多。

“二十年过去了，达摩祖师爷圆寂了。他的弟子们都继承了他的遗愿——行善助人，普度众生。这时，三弟子的名声盖过了小弟子，在所有弟子中最为响亮。

“又十年过去了，三弟子的身体越来越差了，别说帮助别人，甚至连自己都需要别人照顾了。此时，众人忽然发现，身边助人的僧人越来越多了，他们都十分年轻，且都有一个习惯，每隔半年就跑到深山去了。于是，众人就想到了那名早年成名的小弟子了。

“不久后，人们果然发现他们自己的猜测是正确的。这些年轻人僧人都尊称那名小弟子为师傅。”

说到这，老方丈顿住了，问小和尚们：“知道最后人们为什么喊达摩祖师爷的小弟子为高僧和智者了吗？达摩祖师爷的小弟子跑到深山又去干什么了？”

“去教弟子啦。因为他教了好多弟子呀，这些弟子都能在他老的时候继续帮助别人呀。”小和尚们叽叽喳喳着。

“这不是主要原因。”

“那主要原因是什么呀？”小和尚们眨着眼睛，问老方丈道。

“达摩祖师爷的小弟子跑到山里是去休息了，去快乐了。真正的高僧，真正的智者，应该懂得休息，懂得享受快乐。一个僧人，连自己都快乐不了、休息不好，就等于连自己都没有度好，既然连自己都没有度好，又谈何去度人呢？”

“所以啊！做个真正的高僧，首先应该懂得快乐，先度自己再度别人。”

小和尚们似懂非懂，却做醍醐灌顶状。

看着小和尚的样子，老方丈哈哈大笑。小和尚们也笑了，瞬间，小和尚们发现：这一刻，自己也成了高僧。

原载于《格言》

西伯利亚的温暖

文|冯有才

卡尔是一名政治犯，被发配到西伯利亚的时候，正值12月，天寒地冻。

而后，卡尔被分配到了林场，成为一名伐木工人，每天有从后方开来的火车，将他们砍伐的木材运到内地，运到莫斯科，运到基辅。造飞机需要木材，修铁路需要木材，而且对于沙皇而言，除了金银矿产和宝石，没有什么比木材更适用的东西了。所以，沙皇命令这些犯人拼命地砍伐木材，以备所需。此外，沙皇还专门派了一个名叫托可可夫斯基的监工。监工还带来了他的妻儿，看样子是要长期这里居住。

托可可夫斯基是一名很严厉的监工，工人们都非常恨他。如果每个人每天完成不了定额的任务，不但没有面包吃，甚至还会被打得遍体鳞伤。当然，倘若超出了任务，就会得到半瓶伏特加作为奖赏，而超出部分的木材，托可可夫斯基将它们囤积在一个仓库，并不急着马上运回莫斯科。

第二年2月的一天，因为第四班组的一名伐木工人生病了，整个班组没有完成定额任务，托可可夫斯基把整个班组的人饿了一整天，而那名生病的伐木工人，被托可可夫斯基喊出去以后，就再也没有回来。大家知道，那名可怜的正在生病的工人，一定是被可恶的监工托可可夫斯基遗弃或者处决了。

看到这样的一幕，卡尔觉得一阵阵心寒，既替那名伐木工人感到可怜，更为自己感到可悲，什么时候，这样的日子才是一个尽头啊？为了生存，为了能回到城里，他必须好好地活下来，因为那里还有他的亲人。

然而，不幸的事仍不断发生，有一次，卡尔把木材抬上火车的时候，不小心让木材从车厢里滚落了下来，砸到了一名沙皇士兵。看到卡尔的这样一幕，托可可夫斯基顿时火了，他拿起了皮鞭，使劲地抽打着卡尔，看着正在流血的沙皇士兵，托可可夫斯基仍用皮鞭抽打卡尔，但他还不解恨，于是随手拿了一个木棒，朝卡尔的腿上砸去，卡尔清楚地听到了骨头脆裂的声音，随后，其他几名工友把受伤昏迷的卡尔抬回了小木屋。

因为没有医生，加上天气恶劣，卡尔的腿恢复得很慢，3个月后才下地走路，但是由于骨头没有接好，卡尔的腿有点瘸。他每走一步，都会对托可可夫斯基的仇恨加深一分。

1918年，“一战”即将结束的消息不知从哪里传来了，大家都在心底暗自高兴着，希望早点结束这样的鬼日子。这个时候的托可可夫斯基，似乎也意识到了什么，对大家的态度也开始收敛起来。但是，大家对他的仇恨并没有因此而改变。

忽然有一天早上，卡尔被一阵哭声惊醒，那是从托可可夫斯基暖和的小屋传来的，卡尔赶忙跑过去，只见在小屋里，满头是血的托可可夫斯基躺在床上，看样子是受了很重的伤。卡尔赶忙走进了屋内，托可可夫斯基努力睁开了眼，看见卡尔后，从枕头底下摸出了一个日记本放在了卡尔的手上，然后吃力地对卡尔说，你是这里唯一的政治犯，也最有知识，看了这本日记，你会懂得的。

卡尔接过日记本，托可可夫斯基便闭上了眼睛。卡尔迅速把日记本放进了衣服里，闻声而来的工友也赶进了木屋。托可可夫斯基的妻子哭泣着告诉他们：在凌晨的时候，托可可夫斯基出门上厕所。天快亮的时候，她发现丈夫还没有回来，于是马上去找，结果刚出门，就看见了躺在门口的、血迹斑斑的丈夫。她知道，丈夫是因为仇恨被人打伤的，凶手一定是这一千多名工人中的某一员。

卡尔和工友们埋葬了托可可夫斯基，下一步怎么做，大家都很茫然。虽然谣传战争要结束了，可是并没有明确的消息，他们将何去何从？

卡尔小心地翻开日记本，里面是托可可夫斯基每天的日记。读完日记，卡尔的心一阵阵刺痛。

如果不是托可可夫斯基，那名生病的伐木工人一定死亡了，因为托可可夫斯基知道他是患了肺炎后，用装卸木材的火车把他送到了城里医治。

如果不是托可可夫斯基，卡尔的性命一定没了。因为托可可夫斯基在木材砸到沙皇士兵的那一刻，看见了另外好几名子弹已经推上枪膛，准备枪杀卡尔的士兵。于是托可可夫斯基用抽打卡尔的办法将他救下。

如果不是托可可夫斯基，这一千多伐木工人的性命一定没了，因为第一次世界大战已经结束，沙皇在几天前就下了命令要处决这一千多名伐木工人，一股小部队已经在前来的途中。

如果托可可夫斯基不死，这里就不会混乱，工人们也就没有办法趁乱逃走。再不逃走，工人们面临的只有死亡。

除了卡尔自己之外，没有人知道托可可夫斯基是自杀的，他是故意用头部撞击木材后身亡的。卡尔把战争结束的消息告诉了大家，工人们一阵沸腾，欢呼雀跃，瞬间便冲破了伐木场看守士兵的警戒，跑进了丛林深处。

卡尔并没有跑，而是走进了托可可夫斯基的小屋，他知道，从他得到日记本的那一刻起，他就应该为这对可怜母子承担起责任。

由于没有了工人，前来执行处决任务的士兵也就没有采取措施，于是纷纷离开了。几天前还拥有一千多人的伐木场，变得十分空旷和冷清。卡尔把事实的真相告诉了托可可夫斯基的妻子和儿子，听到卡尔的这话，这对可怜的母子什么都没有说，只是一个劲儿地哭。

后来，陆陆续续地又回来了几十个工人，卡尔把托可可夫斯基的日记本给他们传阅，他们什么都没有说，都选择了留下，并且把他们各自的家人一起接来。就这样，在原林场基础上，新建了许多小屋，建筑小屋所用的木材，都是托可可夫斯基此前囤积的。这一切，似乎都是在托可可夫斯基的预料之中。

今天的西伯利亚依旧还是那么的寒冷。尽管少了许多伐木工人劳动的场面，但仍有一个温暖的小村落，村子的名字叫作托可可夫斯基村，村民们是那些伐木工人的后代，村子中还保留了那个托可可夫斯基的日记本。日记本的扉页，是卡尔临终前一年写的一句话：

只要有爱，再冷的地方，也会有温暖的时刻！

原载于《青年文摘》

牧师的监狱

文|冯有才

约翰是一个狱警，警校毕业之后来到监狱上班，说实在的，他很不喜欢这份工作。每天除了单调的巡视检查外，就没有其他工作内容了。

不久后的一天，监狱转来了一个新犯人，他是名曾经因为冲动而错杀人的犯人，叫克里·博尔。杀人后逃亡的4年，他一直都隐藏在乡村教堂里充当村民们的临时牧师，最终，他还是选择了自首。

博尔的身体很不好，全身都有毛病，而且已经有六十多岁了。同狱的犯人没事的时候喜欢拿他寻开心，在他们看来，一个六十多岁的老人，居然在犯事后逃亡，然后又自首，简直是头蠢驴。

博尔最引起约翰注意的，是他每晚睡觉前的半小时都在床上诵读《圣经》，声音恰到好处，不大不小，既不影响想睡觉的人去睡觉，又使那些不想睡觉的人可以听见。

那天，约翰在百般无聊中和博尔攀谈起来。博尔不像别的犯人那样，对狱警有着恐惧感，相反，他的脸色很和蔼可亲，并且十分的自然，完全与连杀人时的凶猛扯不上关系。约翰很想知道博尔的故事，所以很小心地问着有关类似的问题。在约翰看来，比起犯人，他更愿意把博尔当老人看。

博尔一直都是微笑着看着约翰，告诉他："不要问我案发时的情况，如果愿意，我到可以把我逃亡后的故事讲给你听。"于是约翰不再插话了，而是安静地坐了下来，听博尔讲故事。

博尔说，杀人后，他很后悔，也很害怕。甚至连血衣都没有换就跑了出来。那是深夜的时候，他在逃往乡村路上的时候拦下了一辆小汽车。车上坐的是一名牧师，他看见博尔后并没有吃惊，而是安静地让博尔上车。那一刻，博尔很是惊讶。车上的牧师告诉博尔，他刚才去给一个七十多岁的老人做临终祈祷了，所以回来得如此晚。之后，牧师边开车边告诉博尔，那名老人和博尔一样，也是犯过事的，老人临终的时候一直在忏悔，一直都不能原谅自己，因为老人的心灵没有真正地进过"监狱"。

接下来，牧师把博尔带进了自己的教堂，那教堂在一个偏僻乡村的小角落。牧师没有报告警察，也没有让博尔去警察局自首，他所做的，是带着博尔每天祈祷诵读，每周救助穷苦人。就这样，博尔度过了四年，可他的心灵一直是在平静中尴尬着、痛苦着。

四年后，老牧师病倒了。临终前，全村人全都过来看老牧师。老牧师在那一刻，问了博尔一句："你的心灵进'监狱'了吗？如果是这样，就到该去的地方，去做个真正的牧师，救助那些可怜人吧。"

博尔说到这儿，约翰怔住了，不觉间，他攥紧了拳头，心跳也随之加紧起来。那一刻，他觉得博尔是个可爱的小老头，并且深深地被感动了。

此后，博尔的故事逐渐在监狱里传播开来。没过几年，在某次统计犯人姓名的时候，约翰不经意间地发现有一些进监狱的犯人被提前释放了，显然，他们是受了博尔的故事的感动，进而表现良好，才提前出狱的。由此，约翰再一次想起了那个可爱的小老头博尔。忽然间，约翰有了再次看望那老人的冲动。

牢房里灯火明亮，尽管是深夜，约翰看见一大群新犯人围在一起，中间是那个可爱的小老头博尔，他正津津有味地给这些新犯人说着自己以前的经历呢。那一刻，约翰忽然爱上了他的这份工作。

——原载于《意林》

如果感到幸福你就跺跺脚

文|冯俊杰

那一年，青年德皮勒完成了全部学业，从州立大学毕业了，之后，他做了一名语文老师。

其实德皮勒非常想去做一个优秀的长跑运动员。四年前的他曾是那么单纯而痴迷这项运动的一个学生。但是，他的梦想却在生活中破灭了。

拿着自己从最新的教育学书籍上学来的方法，德皮勒在自己的学生们身上试验着。书是麦尔教授推荐的，应该不会错。麦尔教授是他大学选修心理学的授课老师，是一个留着短白胡子的小老头。

此时，德皮勒站在讲台前，感觉有点紧张，嗯，先平静一下，他看了几眼墙上画的彩色人像和窗外明丽的风光，好了，开始讲课了。

“如果感到幸福你就拍拍手。”德皮勒大声对所有的学生说。这种方法是要激发他们的想象力和敏感性，让他们学会表达。

孩子们纷纷举手，跟着德皮勒拍。他们的面孔，立刻变得鲜活生动。德皮勒更加激情高涨，他的视线如手提摄像机镜头一样摇晃着，从一个学生跳跃到另一个学生，最后，定格在一个男孩脸上——他是那样的面无表情！

德皮勒又重复了一次，男孩依旧没有表情。

“你叫什么名字？”德皮勒和蔼地问道。

男孩抿紧了嘴唇，一声不吭，表情甚至有些愤怒。德皮勒又问了一句，他还是不说话。同时，德皮勒感到学生们的举动很奇怪，因为按照一般的情况，这种情况应该是引起大家的好奇。但是，所有的孩子都没有这样做。只有一个学生轻轻地说：“老师，他叫詹姆斯。”德皮勒深深吸了一口气，他返回讲台继续上课。除去已经过去了的25分钟，下面的20分钟，仿佛几个小时一样漫长。德皮勒的思绪始终停留在詹姆斯身上，下课前，德皮勒布置了作文题目：幸福。然后说，请课代表下午收了之后送到办公室。

下课之后，詹姆斯被德皮勒老师叫到了办公室。德皮勒亲切地说：“为什么不和大家一起拍手呢？下次不可以这样，知道吗？”

詹姆斯把右手放在口袋里，低着头，沉默地点头。一直到德皮勒结束了谈话，让他回到教室去，他的右手始终放在口袋里没拿出来过。

德皮勒心想：“我遇到了一个脾气倔强的孩子。”

不久，詹姆斯又惹事了，他和另外一个男孩打架了。德皮勒老师赶过去的时候，争执已经结束。詹姆斯全身都是乱糟糟的，唯一不变的是，他仍把右手插在口袋里，站着不动，满脸通红。

“你又怎么了，詹姆斯？”

詹姆斯毫不理睬，转身跑掉了。德皮勒老师只好无可奈何地离开现场。

“詹姆斯的右手以前触过电，被切断啦！”听一个女生这么说，德皮勒的心猛然一缩。

晚上，德皮勒坐在房间里，一本一本地看交上来的作文，把封皮上写着詹姆斯的本子，单独抽出来。

第二天，德皮勒仿佛什么都没发生过，平静地走上讲台，然后把前一天的作文本子发下去。直到最后的五分钟，他说："我们重复一下昨天的游戏好不好？"

"好！"学生们异口同声地说。

"但是我们稍微修改一下，如果感到幸福，你就跺跺脚。来，老师先带头！"

就这样，德皮勒带头跺起脚来了，非常用力，左右两只脚一起在动，看上去非常滑稽，因为他跺起脚来，像是罗圈腿。

学生都是聪明而细心的孩子。在一分钟后，教室里响起剧烈如暴风雨的跺脚声。其中，德皮勒听到最特别的一个声音，那是詹姆斯发出的。因为，詹姆斯跺脚的声音是最大的，并且眼睛里含着泪。

之后，德皮勒在詹姆斯的作文上打了教学以来第一个99分，后面还附加上了一段话："为什么没有给你满分？是因为你为了身体的不幸福，而拒绝了让自己的心感到幸福的举动。如果你仔细观察，你会注意到你的德皮勒老师其实是一个截去左脚的人。在那背后，也有老师不幸的故事。但是，他没有拒绝让心去感受不幸之外的幸福。所以，尽管他不过是选择了做平凡的语文老师，却仍然认真地、快乐地生活。"

是的，德皮勒老师是幸福的，他曾经治愈了自己心里的伤痛，现在，又治愈了另一个小小的心灵。

原载于《读者》

越长越短的非洲象牙

文|查一路

非洲象牙的名贵举世皆知，可这并非是非洲象们的福音。相反，名贵的象牙却给大象们带来了厄运，因为偷猎者的目光瞄准了它们。一段时间，长着长长象牙的非洲象几乎被猎杀殆尽。

流落和离散的幸存的大象，在蛮荒的非洲草原上，躲避着猎杀者的视线。当它们惊恐地度过一个又一个茫茫的旱季，成功地存活下来时，人们惊讶地发现，它们的象牙已失去了原来的长度，而且有越长越短的趋势。生物学家预测，如果猎杀不止，在未来的某个时间，非洲象的象牙会逐渐短到消失，最终变成不再长象牙的大象。

这一奇怪的现象让生物学家也无法解释。之后，他们认为，大象在潜意识里认识到招致杀身之祸就是自己的象牙，从而在体内分泌了某种物质，这种物质抑制了象牙的生长。既然象牙越来越短，甚至消失，非洲象的安全系数将越来越大。

名贵的象牙既是非洲象的精华所在，又是招来猎杀的祸根。当自身的实力不足以保护自身的“优势”，而“优势”又遭人觊觎和垂涎时，倒不如暂时隐藏优势。

20世纪60年代初，美国汽车独霸北美市场，而日本汽车因产量太少，在北美市场占有率很低，不到4%。因此，美国的汽车厂商根本没有把日本汽车放在眼里。但日本汽车厂商却在暗地里同美国同行较劲，他们根据北美人的消费习惯，设计了许多深受当地人欢迎的新型汽车，一度将日本汽车在北美市场的占有率提升到30%。直到这时，美国汽车厂商才如梦初醒，赶紧商量对策，可惜已让日本汽车厂商抢占了市场先机，很大一部分利润都让他们赚走了，美国汽车厂商为此懊悔了好长时间。

优势不是摆设，而是一剑封喉的利器。投奔曹操的刘备，貌似忠厚驽钝，终日在后园种菜，隐藏了自己的野心，待以时日，东山再起；聪明的杨修，仅凭灵活的脑瓜和伶俐的口舌，时不时拿出来炫耀，最终死在曹操的刀下。

将优势暂时隐藏起来，并不是坏事。这样，才能保存自己，从而积蓄实力，等待时机。

原载于《青年文摘》

原始的美丽

文|冯有才

在荷兰，有个美丽的城市叫作阿姆斯特丹，那里有着蔚蓝的天空、轻盈的海风、怡人的风景。

20世纪中期，是一个全球经济大发展时期，许多企业如雨后春笋般出现，当时的阿姆斯特丹，正因为极其便利的海上交通而被人们看好。有一年，阿姆斯特丹市要竞选市长。一个22岁的小伙子也站在了竞选人群中，和4名候选人站在了政治角逐的舞台上。当然，这名小伙子没有被别人看好，不仅仅是他的年轻，更因为他出生在一个农民的家庭，没有政治经验和阅历，所以，他的存在对其他的竞选人构成不了威胁。然而，奇迹却在他身上发生了。

在竞选演讲的时候，这名小伙子没有阐述他的政治路线，他只是说：

“我的祖父是农民，我的爸爸也是农民，我同样可能也要一辈子做农民。当然，这一切都由你们手中的选票说了算。但是无论我是否会这样，我都会将这个故事告诉大家。

“我的祖父在他临终的那年，留给了我爸爸一份遗书。遗书中讲述了一个故事——祖父年轻的时候，种了很多的果树，也养了很多的蜜蜂。大家都知道，蜂蜜的价格很昂贵的，所以，我的祖父靠制作蜂蜜赚了不少钱。

“时间一晃，很多年过去了，这些年，由于工业化的发展，大片农田、果园、苗圃、林地被侵占，盖起了厂房和高楼，导致蜜蜂采蜜的地方越来越少，于是，很多蜜蜂都饿死了。对此我的祖父发誓：再也不养蜜蜂了，再也不喝蜂蜜了，再也不想看到这些小精灵受到伤害了。

“我要说的是，我们需要的是一个自然而美丽的阿姆斯特丹，而不是生态环境被破坏掉的阿姆斯特丹。所以，我代表阿姆斯特丹说：我们拒绝一味地发展工业，我们需要原始美丽。”

说到这，听众一片掌声。而站在演讲台下的另外几名竞选人，正用力攥着拳头，拳头里面，是一张张写着如何通过发展工业来带动阿姆斯特丹经济的演讲词。

当然，这名22岁的小伙子成了阿姆斯特丹乃至全荷兰最年轻的市长。他的名字叫约伯·科恩。只是可惜的是，他33岁的时候就死去了。今天去荷兰的游客，依旧可以在阿姆斯特丹的港口处看到他的身影，那是阿姆斯特丹市民自发为他塑起的一尊雕像，雕像的下面有着一行字——我们拒绝一味地发展工业，我们需要原始美丽。

原载于《青年文摘》

第六章

用快乐做心灵的外衣

自家门前的阳光与加勒比海滩的阳光一样明媚。只要你有快乐的心，去不去加勒比海滩都无关紧要。倘若真的去了，发现加勒比海滩并不如自己所想象的完美，那倒不如在心里存着一份美好的梦想和梦想带来的快乐。

学着做一个乐观者，把遥远的加勒比海滩搬到家门前。让心灵穿上快乐的外衣，走向生动、新鲜的生活。

用快乐做心灵的外衣

文|查一路

朋友说："生活犹如剥洋葱，越往后剥就越有想流泪的感觉。"想流泪就流泪，不想流泪就选择快乐。快乐对于人究竟有何意义？对此，有人说："人生的目的就是追求快乐。"

有一则这样的故事。

一位终日郁郁寡欢的国王，让臣子去找天下最快乐的人。臣子找来找去，找到荷锄而歌的赤脚农夫。臣子问农夫快乐的秘诀。农夫说，我穷得连鞋子也买不起，我曾经悲哀过，可是，当我看见有鞋子却没有双脚的人，我就没有理由不快乐。

王位和金钱的满足是短暂的，而人性中的欲望是无止境的，它总给人增添烦恼。其实快乐在于心，在于对于世态万象的过滤提取，结晶而成。故事中的赤脚农夫，并不是学问高深的智者，只是他善于发现和感悟，不自觉地，他采取了对比的方法去理解。于是，就看到生活中的阳光。

别把目光永远徒劳无益地盯在事情坏的一面。人生有月时无花，有花时无月，此事古难全。完美，往往驻留在人们的臆想和追求中，而面对现实，却只能直面缺憾，接纳缺憾，并用快乐的心去包容缺憾。

传说中，民间有位老婆婆，大女儿嫁给了伞匠，二女儿嫁给了开染坊的。每逢晴天，老人想起了大女儿家的雨伞生意，每逢阴天，又想起了二女儿家的染坊生意。因此，晴天和阴天都笼罩着老婆婆忧伤的心。后来，有人劝老婆婆，晴天就想二女儿家的染坊，阴天就想大女儿家的雨伞。老婆婆就这样想着想着，晴天、阴天，生活中的每一天，无不让老婆婆欢欣。

认真地观察事物的正反两面，也许忧伤就会转化为快乐。

上帝给谁也不会太多，也不会太少。它把完整的快乐打碎，撒在茫茫无际的人生沙滩，于是快乐像碎金一样滑过生活的表象，沉淀在岁月的深处，等待你去寻找，去一粒粒地拾起，去装点一个个闪光的日子。

一对贫穷的德国夫妇，一直想去加勒比海滩度假。可一直没有足够的钱支付这样昂贵的浪漫之旅。但这是一对有智慧的夫妇。男人有一天突发奇想，他在家门前挖了一个很大的坑，填上沙子，再在沙滩旁撑上遮阳伞，摆上帆布椅和饮料。夫妇二人穿着泳装，或躺在沙滩上，或躺在帆布椅上，啜着香槟，脸上漾着海浪般快乐的表情。

自家门前的阳光与加勒比海滩的阳光一样明媚。只要你有快乐的心，去不去加勒比海滩都无关紧要。倘若真的去了，发现加勒比海滩并不如自己所想象的完美，那倒不如在心里存着一份美好的梦想和梦想带来的快乐。

别学那位愁眉不展的老婆婆，忧伤不会弥补缺憾；学学那对德国夫妇，把遥远的加勒比海滩搬到家门前。让心灵穿上快乐的外衣，走向生动、新鲜的生活。

原载于《山东青年》

赞美与批评

文|沈岳明

赞美与批评是一对意思相反的词语，通常的情况下，人们都愿意听到赞美，而不愿听到批评。凡人如此，皇帝更是这样。

话说隋炀帝杨广，就是一个爱听好话的人，他可以说是历史上最爱听好话的皇帝了。皇帝爱听好话，于是臣子们便投其所好，不管皇帝做什么，总会获得一片赞美之声。皇帝高兴了，臣子们的日子也好过了，于是皆大欢喜。

登基之初，杨广也算个好皇帝，事实上，也想干出一番伟大的事业。可人都是有缺点的，有了缺点，如果有人提醒，改过来也就是了。怕就怕在有了缺点后，别人不但不提醒，反而极尽赞美之词，那就麻烦了。

杨广喜欢旅游，但又爱讲排场，他曾三游扬州，两巡塞北，三至涿郡，还在长安、洛阳间频繁往返。每次出游，都大造离宫。他为了营建东都洛阳，每月役使丁男多达两百万人；短短六年时间，开发各段运河，先后调发河南、淮北、淮南、河北、江南诸郡的农民和士兵三百多万人，役死者过半。可是，他干这些事时，听到的总是一片赞美之声，因为离民众太远，来自底层的声音他是听不到的。最终，逼得民众造反，在逃亡时，杨广被自己的部下等人缢杀。可以说，杨广完全是被赞美打倒的。

跟杨广相比，清朝的福临，也就是顺治皇帝，就听不到什么好话了。因为他登基时才6岁，而且也不是什么名正言顺的皇帝，前面有摄政王多尔衮管着，后面又有他的母亲孝庄皇后管着。不管他做什么事情，都有人说他的不是。所以，他听到的大多是贬责之词。

其实，福临也不傻，他也有过雄心壮志。可是，不管他做什么，都得不到别人的认可。有人替他操心，让他娶了个与他性格不合的女人做皇后，后来虽然这个女人被他废了皇后的封号，但仍被立为妃子。再后来，又有人替他操心，让他娶了第二位皇后，可还是让他不满意。福临宠爱上了董鄂妃，可董鄂妃却在不久之后不幸死去。

不得已，福临决定去当和尚，但也没人真正了解他，赞成他的决定。于是，批评之声再起，让他当和尚也不得安宁。国事、家事，没一样是他做得了主的，为此福临心烦意乱，憔悴不堪，竟然在24岁时，就染病而逝了。可以说，福临完全是被批评打倒的。

既然赞美与批评都能将人击倒，那么，我们以后面对他人时，是该赞美还是批评呢？或者说，在面对别人的赞美与批评时，又该怎样做呢？

有一位哲人说得好："不管是被赞美击倒的人，还是被贬责击倒的人，他们都是在乎得失的人。如果一个人不在乎得失了，还有什么能击倒他呢？"

原载于《合肥晚报》

争与角儿

文|李丹崖

自古文人相轻，艺人也相轻。

1923年9月，程砚秋带着自己的戏班赴上海演出，在戏院登台首唱以后，赢得了戏迷们的满堂彩，由此，掌声如潮。

看到程砚秋如此大红大紫，有人开始揣度，认为程砚秋上海一行，一定抢了梅兰芳的风头，这令梅兰芳情何以堪。于是，有人提醒程砚秋说："你此行非常成功，但也遭人忌恨。有些人正意欲挑拨梅先生与你之间的关系呢。"

11月，程砚秋返京，孰料，梅兰芳正顶着凛冽的寒风在车站迎候程砚秋，这一迎，让程砚秋更感觉到了春天般的温暖。

程砚秋归京十天后，梅兰芳带着戏班到上海演出，也是赢得了叫好声一片，这时候，又有好事者向程砚秋吹风说："梅兰芳这是故意在跟你较劲。"

一时间，戏台上硝烟弥漫，报界刊文说，同为"四大名旦"的梅兰芳和程砚秋唱起了"对台戏"。

之后，又有报纸载文说，梅程二人为了在戏台上一分伯仲，都铆足了劲儿，在戏台上使出了看家的本事，你投刀，我掷剑，丝毫不相让。戏迷们还看得很过瘾，听得很入神，戏院老板也赚得盆满钵满。

随着报界在一旁煽风点火，贵为大师的梅兰芳和程砚秋却一笑付春风，友好相处，一派春色和暖。梅兰芳40大寿的时候，程砚秋前往祝寿，因为两人有师生之情，程砚秋向梅兰芳行跪拜大礼，梅兰芳也视程砚秋为至交甚至是亲人，外界评价起两人的交情来，无不竖起大拇指。

俗话说，同行是冤家。但这句话在梅兰芳和程砚秋之间却不适用。

程砚秋最早的艺名叫菊侬。梅兰竹菊向来被誉为四君子，由此来看，兰菊之间，不愧为君子的交往，是相互补台，而非拆台。

如今，在人生道路上打拼的我们，理应处理好与别人的关系，而不应因为一点蝇头小利争得面红耳赤，杀得人仰马翻，到头来，吃亏的只能是自己。

什么是争？就是头上扛着“刀”，手里握着“剑”，不争，就是头上的气节不倒，放下手中的剑，那你就可以成为“角儿”了。

原载于《语文周刊》

纸 上 月 光

文|查一路

仰望城市的星空，当最后一缕月光逐渐消失，留给我们的仅仅只有诗意的缅怀吗？

也曾经那样向往和迷恋城市，记得大姐第一次接我到城里看难得一见的电影时，心里十分激动。走在去影院的路上，夕阳把它的余晖抒情地洒在街道两旁宽大的梧桐树叶上，黄昏的风和风里弥漫的气息是那样地令人陶醉。夕阳、晚风和歌声，使我敏感而多情的心第一次激荡起来，像胶片最强烈的一次感光。

如今已在城市漂泊，在城市里读到尼采、叔本华，并学会了思考，却触及了城市冰冷的内核，从而认同了英国诗人库珀的名言："神造的乡村，人造的城市。"在一个城市浸入意识中的，是钢筋丛林的灰白色的冷漠，高层建筑的峡谷里，人们无休止地谈论的是物价和住房、期货和股票、IT和网络、基因和克隆。爱和美的过程被无限制地缩短，已很少有人关注与情感有关的事物。大量繁衍和复制的是在高大楼群压迫下产生的渺小感和随波逐流的茫然感。

自然才是十分美好的，然而，城市已不允许我们轻易就那么见到十分美好的自然，见到远树斜阳、寒林暮鸦、松窗竹户、芳径平芜、疏柳淡烟。城市阻隔和禁锢着我们的陶然向往，它只允许人们在百忙之中抽出几天时间，到有山有水的地方来个隔靴搔痒式的几日游。然后让人们带着眷恋依依不舍地回来，殊不知这一切本来就是属于我们的，现在一切都变得陌生起来，是城市割断了我们与乡村的脐带。

然而，作为一个固执的个体存在，厌倦的还是城市的矫饰和虚伪。城市里生活的人们都需要胸藏丘壑，兴寄烟霞，松下听琴，散发弄舟吗？亲切的柴门与炊烟，灶火与锄头，往往起于怀念，而止怀念。对于物质的依赖，已使人无法走出物欲光环所笼罩的城市。

而另一个方面，城市的生活准则又太容易诱发人们对自己固有的道德和传统的背叛。损人利己即使在毫发之间，也已被时尚地当作精明和智慧大肆兜售，高尚的人格和品行日渐式微。文明与落后的含义，已超越了城市与乡村的地域限制，在当今更具体地体现为个体所呈现的精神光芒。可是，人们不能清醒地认识这一点，印象中，每一条通往城市的路，是康庄大道，而回乡的路仍然预备给漂泊后失意的游子。

多年后，我曾回到过我热爱的故乡，乡村的声音微弱，相闻唯有鸡犬，青壮年劳动力已大批去了城市，大片的土地被抛荒。农民已不愿在田野收获希望，而是去城市追逐梦想。乡村，这大自然富饶的乳房，曾经原始地滋养了城市，现在已渐渐地干瘪下去，失去了生命力的博大和强健。

行驶在回城的路上，灰白色的混凝土马路把坚硬和冷漠无限地向前方延伸，宽阔的道路还在向两旁的农田和庄稼地里扩展，路边应运而起的楼房把钢筋和混凝土打向土地柔软的腹部。汽车，飞快地奔驰，往来如织……

但是，我看到了道路两边的庄稼，坚韧地低着头，沉默不语，却没有半点后退的姿势，这是土地悲怆的对峙和最后的坚守。

原载于《青年文摘》

转身就是方向

文|刘克升

在巍巍群山的环抱之中，有一条四五米宽的小河蜿蜒流淌。我们此行的目标是：从这条小河的源头出发，抵达小河与另一条河流的交汇处，全程考察小河的流向，绘制小河流程图。

小河的源头位于一座无名的山涧之中。从山涧出发，向东行进，此时东面是我们的前面，也就是我们前行的最终方向。顺着小河的流向，我们从西向东行进了十几公里的路程，前面突然出现了一个不起眼的小山坡。山坡虽小，却阻断了小河前进的步伐，机智的小河掉转头来，温柔地依附着小山坡，不动声色地拐了个弯后，完成了转身的动作，缓缓地向西回流了过去。

随着小河流向的转折，我们也随之掉头，转身西行。西面，即原先我们的后面，现在又成了我们的前面。小河向西回流了大约有五六公里的路程，前面出现了一片村落，地势自西向东倾斜了下去。站在附近的制高点，我们发现小河流到了这里以后，绕着那片绵长的村落划了条优美的、闪亮的弧线，沿着西高东低的走向，重新向东流了回去。

我们追逐着小河新的流程，再次掉头并转身，东面也再次成为我们的前面，成为我们前进的方向。向东继续前行了十多公里后，小河终于找到了出口，潺潺地流淌着，汇入了另一条河流。

站在河流的交汇处，同行的老孙感叹着说："河流是我们的老师啊！当人生走到无路可走的时候，也许转身就是方向……”

我对老孙的话深有同感，并且联想起了另一件事情：家乡的野蚕的行踪也具有类似河流转向的特征，当它们自下而上吃光了一个枝条上的树叶后，总会转过身去，将后方变成前方，将来路视为出路，重新出发，去寻找下一个蚕食与生存的空间，不断占据新的枝条。

另外，在一个偶然的机会里，我又听到了英国物理学家克里克转行的故事。第二次世界大战期间，克里克在英国海军部从事水雷研究工作，为战争的胜利立下了汗马功劳。但是，在战争结束后，当时的物理学界刚刚经历了相对论和量子力学两场伟大的革命，物理学已进行到了常规发展阶段。克里克敏锐地意识到，在物理学领域内，短时间很难做出大的动作来。而生物学相对来说，还是一个有待开垦的广阔领域。在这种情况下，克里克果断地放弃了自己熟悉的物理学领域，掉过身来投入到了生物遗传学的研究工作中去。后来，通过不懈的努力，克里克与另两位生物学家共同发现了DNA双螺旋结构，成为当时知名的生物学家之一。

如果不具备善于转身的灵性，细小的河流也许永远不能汇入大海；如果不具备及时转身的本能，弱小的野蚕也许没有足够的能量化茧成蝶；如果不具备果断转身的胆识，克里克这个名字也许现在已经被世人所遗忘。

有时候，转身就是方向。当被高山阻隔，被天堑拦截，无法直接逾越极限的时候，我们不妨尝试着转一下身，方向的转换，也许可以助你另辟蹊径，从另一个角度通向成功之路。

原载于《江南时报》

最高的快乐

文|冯俊杰

我家对面的一栋楼里，有一户家庭总在夏日里传出练琴的声音。那钢琴曲，弹得像玩跳房子游戏的孩子，东一个音符，西一个小节，断断续续极不成调，旋律一会儿重复，一会儿卡壳。这几年来，很多次我在午后在黄昏，被这不流畅的练习曲所吸引了注意力，在心里忍不住发出感叹："唉，弹得好差哦。"

虽然觉得这曲子弹得不好，但由于钢琴本身音质不错，因此只要不是暴烈地弹奏，还算可以接受。就这样，一年一年地过去，这年初夏，我突然听到了一首完整的曲子了，并且还是巴赫的《小步舞曲》。

那一刻，我静静地侧耳听完，听得入神。良久，才想起来，我似乎忽略了什么。

由始至终，没有听见教训之声，也没有听见责骂之语，更没有听见狂飙的琴键齐鸣。这意味着什么呀？这意味着，坐在那一架钢琴前的人，一直是很自由闲散地在做这件事情。

是在练习，但并非苦练。如果苦练，那所有邻居的耳朵都有罪受了。

手指按在黑白色琴键上的人，是什么样的人呢？

是被赋予了父母希望，看看是否有音乐细胞的孩子？还是怀着一个钢琴家之梦的成年人，买了一家钢琴闲置在家，有空就练习一下？

无论是谁，我都觉得，这个人弹出了世界上最动听的一个版本的《小步舞曲》。因为此曲的弹奏回到了一件事情所应该有的本质。

乐曲初生，如此象征性的事物，无色无味无形，寄托了人的情感、节奏……满足最本质的宣泄需求。

有些事物被创造出来，变成了专业，变成了竞技，变成了比赛，都是让人忍不住想嘴角一撇的。如果需要依靠这项技能而谋职生存，那只有成为专业人士。

而在此之外，不用这样本领谋生，只是当成业余时间的把玩和游戏，而且不用赶时间，那么就会增加更多乐趣。

在不紧不慢的时间之中，练习曲娴熟了，优美了，也只是一个顺其自然的结果而已，有当然挺好，没有也挺好，当事人乐在其中，也没妨碍旁人。

由此，我想起了另外一个人，在我家乡的某个村落，有个会剪纸的婆婆。她的剪纸特别美。她从小看见长辈们的剪纸，花和鸟、动物、植物……于是她兴趣盎然地模仿着，有空就琢磨。她从少女时代剪起，过了很多年之后，少女变成了婆婆，她的技艺出神入化了。

她压根没想过了半个世纪后，会被到民间采风的美院教授发现，会被收入中国民间美术史的记载。被收入又有什么了不起的？要是她的技艺出神入化，她的剪纸仍然是最好的，有最高的含金量。

那些诞生了就是为了我们可以自得其乐、纯属好玩的事情，有着本来的意义、本来的面目。但是现实层面看，由于各种缘故，这些事物渐渐就走形了。

因此，那些一路走着走着就失去了本来面目的事物，有机会，你就把它们打回原形吧。

原载于《散文》

重重跌倒

文|陈全忠

你有没有在大庭广众之下摔倒过？比如说，踩着一块瓜皮，踏空了一阶楼梯。

1

我曾摔过一跤，摔下的声音很重，我无法将我的姿态掩饰得完美。一切都在一瞬间发生，脚跟向前一滑，身体突然失去平衡，双手在空中徒劳地想抓住什么，像笨拙的翅膀扑腾了几下，然后以在这个过程中出溜了三十厘米左右的脚跟为圆心，身体像被锯断的木头一样，笔直地画了四分之一个圆，仰面朝天，摔在地上。

我想这样的姿态，也很可耻很丢人现眼，但我暂时无法改变这样的状态。人的一生总要遇上这样的机会，你觉得狼狈、羞耻，肉体上和心理上遭受了痛苦，但你无力改变这样的摔倒。

2

第一次跌倒是在什么时候呢？我努力回想，十年前，我曾把一篇写得极其绚烂的文字自信满满地交给老师时，却重重地摔了一跤，那些烂漫的文字从我手中脱离，像蝴蝶一样在教室上空飞舞。那时我还是个少年，不像现在，会装着满脸冷漠，拍拍屁股走人，我会害羞地把头转向右，向左，向后，担心有没有熟人在旁边看笑话，结果我的举动吸引了旁边同学所有人的目光，还有一片窃窃的笑声。我头晕脑涨，听不清那位老师都说了些什么；我满脸通红，感觉到旁边一盏盏灯笼的扫射。我像一只被追逐到大街上的老鼠，遁地无门。

很多年后，我才知道原谅自己，跌倒有时并不是自己的错。我们之所以在大庭广众之下跌倒，是因为有人恶作剧让我们跌倒或者在我们即将跌倒的时候，没有人在旁边及时地扶上一把。也许只有在经过多次跌倒以后，才会明白很多伤痛并不值得去反省和体恤。

3

最重的跌倒是在什么时候呢？老年人说是死亡，中年人说是离婚，而我的一个朋友说是失恋。“失恋的那一阵，觉得连路都走不动了，随时都可能跌倒。”不过后来，该过去的都过去了，她又打扮得漂漂亮亮地去见别人为她介绍的一位男子。两人此前见过面，都有好感。

与男子再次见面时，他们相约在市里一家最大的超市门口。我的这位朋友去得比较早，之后，她看见自己等的人来了，便兴奋地小跑过去。但就在这个时候，她踩到什么东西，突然一滑，惊叫声随之而起，之后，人就躺在地上。她的第一反应是不好意思，马上抱歉地看着他。他也吓了一跳，左右张望，见没人注意，才弯下腰来扶她，但腰弯得非常艺术。如果有人向这边看，他的腰肯定会像弹簧一样弹回去。见此情景，她果断地爬起来，地面上很干净，连灰都不用拍，撇下那个男子在后面吃惊地发呆，她独自回去了。

跌倒过多次的人，应该可以应付这种情况了，怎么跌倒，怎么爬起来，这是自己的事，有没有人看见，都和别人不相干。这样一想，就不会为此害羞，而是爬起来，径直向前走。

原载于《都市晨报》

竹篮打水

文|尹玉生

这个故事是一位老爷爷告诉我的，他和他的孙子生活在肯塔基州东部的山区庄园。

每天早上，爷爷都早早起来，坐在厨房的桌子边，投入地阅读着他称之为“经典名著”的那些书籍。他的孙子受爷爷的影响，也尽自己最大的能力，模仿爷爷阅读那些书籍。

一天，孙子问道：“爷爷，我一直试图像你一样阅读这些书，但我并不能真正理解它，即便是理解的部分，一旦我合上书，马上又会忘得干干净净了。花费这么多时间读这些书籍，到底有什么好处呢？”

爷爷平静地从一个竹子编成的筐子里夹起一块块煤炭，把它们丢进炉火熊熊的取暖炉里，然后对孙子说道：“拿着这个空煤筐，到河边取一篮子水来。”

孙子按照爷爷所言，提着篮子走了。等他返回到家中的时候，竹篮里的水已经漏得一滴不剩了。爷爷笑着对孙子说道：“下次打水的时候，你必须走得更快点。”孙子拿着竹篮再次来到河边，这次他走得比上次快了许多。但是，在他回到家中之后，竹篮里依旧空空如也。喘着粗气，孙子告诉爷爷：“用竹篮打水是不可能完成的任务，”说着孙子换了一个桶过来，爷爷说道：“我并不需要一桶的水，我只要一篮子的水。你能够做到的，只是你尝试得还不够充分。”爷爷走出门外，亲眼观看孙子的尝试。

关于这一点，孙子清楚地知道，竹篮打水是根本不可能的，但他希望给爷爷演示一遍，让爷爷知道，无论他怎样尽自己最大的努力，也无论他跑得多快，在他回到家中之前，篮子里的水都会漏光的。于是，孙子再一次盛满一筐水，飞快地向爷爷跑来，这一次，篮子中仍然没剩下一滴水，孙子气喘吁吁地对爷爷说道：“您看到了吧，爷爷，根本没有一点用的。”

“你真的认为这样做没有一点用处吗？”爷爷说道，“好好看看这个煤筐，”孙子细致地打量了一下竹篮子，第一次，他认识到，竹篮确实和以前不同了，那个脏兮兮、黑乎乎的篮子不见了，取而代之的是一个洁净如新的竹篮子。

“孩子，看到发生的事情了吧，阅读好书也是如此，你可能无法完全理解它，也记不住多少内容，但只要你用心阅读它，它就会在不知不觉间净化了你的心灵。”

花费时间坚持用心阅读好书吧。而且，千万别忘了和你的朋友们一同分享这个竹篮打水的故事。

原载于《讽刺与幽默》

最好的尊重

文|王治国

二十三年前，一个大学生慕名投到美国著名计算机专家瑞迪教授门下，从事计算机语音识别系统的研究。那时，瑞迪教授组建了一个15人的团队，用专家系统来解决不特定语者语音识别的难题。可是，当这个年轻人学习并实践了不少方法以后，他大胆向瑞迪教授提出了自己的想法："我对专家系统失去了信心，我认为统计方法可以解决问题。"

那时，这种方法并不被当时的大多数研究者看好，就连团队中15名从事此项研究工作的同事都一致反对，他们坚持认为，这样做行不通。

瑞迪教授听了这个年轻人的意见以后，虽然并不相信统计方法可以解决类似的难题，但仍然被这个年轻人的胆识和激情所感染。他语重心长地说："我不同意你的看法，但我支持你用统计方法研究下去。看得出，你很有激情，所以我可以全力支持你。不过，我提醒你，过去有人曾用统计方法做过类似的工作，都没有成功。"

于是，这个年轻人获得了独立研究、实践的机会。虽然瑞迪教授对他的研究并不抱有多大希望，但仍然为他买了最新、运行速度最快的机器以便研究，还专门建议国防部建立一个足够大的语料库。

这个年轻人为了证实自己，不辜负老师对自己的期望，他每天工作18个小时，写了至少10万行程序。3年后，在他所坚持的方向上，语音识别系统的研究终于传来捷报——他把识别率从原来的40%提高到了96%！他所开发的世界上第一个“非特定人连续语音识别”系统，曾被美国《商业周刊》评为最重要的科学发明之一。

这个年轻人就是著名计算机专家、Google公司前副总裁兼中国区总裁李开复。他先后在苹果公司、SGI公司担任要职，后来加盟微软公司，成为比尔·盖茨的七个高层智囊之一。面对今天取得的辉煌成就，他说：“这些年来，我在自己的道路上历经过无数的起伏跌宕，但是，当时与瑞迪教授的那场对话，我始终无法忘怀。‘我不同意你，但我支持你’，这句话将永远停留在我心灵深处。”

伏尔泰说过：“我不同意你说的话，但我愿意誓死捍卫你说话的权利。”这是一种对人的尊重。在人际交往中，每个人对每件事都会有不同的看法和不同的理解，每个人也都有发表意见的权利，争论与分歧也就在所难免，那些心胸狭窄的人，听到自己不认可的说法，可能会立即批评和辩论，甚至恶语伤人。其实，你不必附和或同意别人，但你必须尊重别人表达或保留意见的权利。

“我不同意你，但我支持你。”这是最好的尊重，也正是这种尊重，不但能够融洽彼此的关系，也将创造出一个个别人认为不可能发生的奇迹。

原载于《海口晚报》

走　眼

文|尹玉生

春季的一天，一个衣着破旧的男孩出现在美国俄亥俄州一位非常有名气的农场主泰勒先生门前，男孩非常诚恳地请求泰勒先生给他一份工作，并表示无论什么工作，他都会尽全力做好。泰勒先生见男孩举止稳重，言辞恳切，感觉不像是个浮躁懒惰的人，便同意了男孩的请求。

泰勒先生给男孩的是一份繁重的工作——负责整个农场的杂务。泰勒是当地一位极为成功的企业家，他经营的农场，其规模在俄州首屈一指。这么大一家农场，杂务多得令人难以想象：挤牛奶、修剪树木、清洗牲口圈、喂猪……但男孩没有让泰勒先生失望，他用他的勤快、认真和条理性从容应对农场的烦琐杂务，将农场打理得井井有条。

男孩不仅让泰勒先生极为满意，也引起了泰勒先生的女儿琼丝的注意，一天晚上，琼丝小姐散步路过杂货仓，她知道男孩到农场后就住在这里，当她看到杂货仓里露出微弱的灯光后，就好奇地趴在窗户上想看看男孩在干什么。之后，她惊讶地发现，男孩居然在一天的劳累之后，正专注地在油灯下读书，琼丝走进货仓，发现原先杂物横陈、脏乱不堪的货仓被男孩收拾得干干净净。男孩正在读的书是一本高中课本。男孩告诉琼丝，他父亲在他很小的时候就去世了，所以，他只能边打工边学习。男孩还告诉琼丝，等他在农场里挣够了学费，他就去上大学。

时间一天天过去，男孩的勤奋、好学、聪明，以及他的远大抱负，都深深地打动了琼丝。而男孩也在不知不觉间被美丽、善良、温柔的琼丝所吸引，终于有一天，在琼丝的一再鼓励下，男孩向泰勒先生表达了他对琼丝的爱慕之情。泰勒先生闻听之下，惊呆了，一个穷得叮当响的臭小子，居然敢追求他的宝贝女儿，这简直是对他的污辱。尽管男孩向泰勒先生保证，他一定要让琼丝过上幸福美满的生活，而且他坚信自己有这个能力，泰勒先生对男孩说道："我承认你是个好小伙，但是我坚决不会让我的女儿嫁给一个一贫如洗、没有任何社会地位的人。"男孩辩解道："这只是暂时现象，通过我的努力，是完全能够改变这种状况的。"泰勒先生讽刺道："你知道我的农场有今天的规模花费了多长时间吗？这是从我爷爷开始三代人努力的结果啊。等你有钱有地位的时候，琼丝恐怕也变成老太婆了。"无论男孩和琼丝怎么苦苦哀求，都无济于事。

伤心绝望的男孩默默地整理好自己的行李，向琼丝小姐洒泪辞别。转眼三十五年过去了，时间来到了1880年，泰勒先生已经是步履蹒跚的老人了，他让人拆掉了那间杂货仓，因为农场要进一步扩大，需要盖一间更大的货仓。在拆掉的一根木柱上，人们发现上面刻着这样一行小字：1845年春天，詹姆斯·艾布拉姆·加菲尔德在此打工。这个名字，包括泰勒先生在内的所有的人都耳熟能详，因为，他刚刚当选了美国第二十任总统。

琼丝小姐由于父亲泰勒先生的顽固阻挠，与第一夫人的尊荣擦肩而过，后来在父亲的撮合下，与俄亥俄州一位州议员的儿子结为连理，几年后郁郁而终，芳华早逝。

阅历和经验有时候是一笔宝贵的财富，它会帮助你正确地判断一件事、一个人；有时候却是蒙蔽你眼睛的一团云雾，它会让你不自觉地看走眼，并成为你固执地坚持误判的帮凶。

原载于《海外文摘》

最好的名片

文|朱国勇

亚丝明·特林卡出生于意大利中部的一个普通的工人家庭。从小，她就梦想成为一名星光闪烁的演艺明星。为了实现这个梦想，她千方百计地学习各种表演技能。然而，大学毕业后，亚丝明·特林卡并没能找到一份与演艺相关的工作，而是成了一名普通的社区工作者。

社区工作单调而无趣，有一段时间，亚丝明·特林卡特别的沮丧，她觉得自己的明星梦是越来越远了。

过了一段时间，她慢慢调整好了自己的心态，踏踏实实地工作起来。

社区里，有许多退休的老人，生活都很单调。有一天，亚丝明·特林卡突发奇想，她要利用自己的表演特长，为这些老人们表演芭蕾舞剧，为他们枯燥的生活增添一点亮彩。说干就干，她找了几个志同道合的年轻人，经过简单的排练，一个月后，芭蕾舞剧《天鹅湖》在小区里热热闹闹地开演了。表演中，亚丝明·特林卡如一只洁白高贵的天鹅，在舞台上轻快地跳跃、优美地滑行，气质高雅、深情动人，博得了老人们一阵又一阵热烈的掌声。

时间不长，亚丝明·特林卡的美名就传了出去，大家都知道，在这个不起眼的社区，有一位演技精湛的社区工作者。

然而，亚丝明·特林卡万万没有想到的是，凭借着这样的业余演出，她竟然跨进了娱乐圈。

社区里，有一个叫奥米洛夫的老人。有一天，他的侄女——一位小有名气的编剧——来看望老人。闲谈中，老人十分赞赏地提起了亚丝明·特林卡，并硬拉着侄女去看亚丝明·特林卡的演出。

亚丝明·特林卡的演出，深深折服了这位编剧挑剔而颇具专业性的眼光。这位编剧激动地告诉亚丝明·特林卡："你是一个难得的好苗子，我一定向导演重点推荐你。"

之后，这位编剧向她熟悉的一位导演郑重其事地推荐了亚丝明·特林卡。导演听了，随口就答应了，但是一转身，就把这事忘了。

一晃三个多月过去了，奥米洛夫老人打电话来问他的侄女："你不是说要向导演推荐亚丝明·特林卡吗？怎么没消息啦？"

侄女一听，想起来了，又专程去找导演。导演一听，乐了："什么好演员啊，竟然让你这么重视，那就让她先来试试镜吧。"

就这样，亚丝明·特林卡来到罗马，并一眼被导演相中，从此踏上了五彩斑斓的星光大道。2009年9月12日，第66届威尼斯电影节在意大利水城威尼斯的利多岛举行，亚丝明·特林卡凭借在《伟大的梦想》一剧中的精彩表现，一举获得最佳新人奖。

永远不要忽视身边那些看似平凡的邻居或同事，一旦你的才能折服了他们的心灵，你的美名就会通过他们的口口相传，呈几何倍数向周围扩散，并最终把你推向光明灿烂的成功大道。

身边人，永远是最好的名片！

原载于《意林》

撞碎那块“玻璃天花板”

文|朱砂

1961年，一个8岁的中国女孩儿随着母亲和妹妹坐上了开往美国的渡轮，在海上漂泊了整整一个月后，她们终于看到自由女神像，那一刻，她们欢呼着、相互拥抱着，仿佛美好生活就在眼前。然而，20世纪60年代的美国，带给这个女孩儿的成长回忆不是快乐和幸福，而是陌生的土地，陌生的人们，陌生的语言、陌生的文化。

初到美国，女孩儿一句英语也听不懂，每天上课她只好把黑板上的所有内容都抄下来，到了晚上，再让父亲把笔记本上的东西译成中文，以此来了解课程的内容。同时父亲不得不从ABC开始为她补习英语，并告诉她一些美国人的生活习惯，以便让她能更快地适应在美国的生活。

最初移民的岁月里，她们一家四口住在纽约的一间一居室公寓中。母亲不懂英语，没有工作，全家生活的重担便压在了父亲一个人的身上，为养家糊口，父亲一天打三份工，晚上回家后还要帮她补习英语，生活的艰辛可想而知。

贫穷加上语言不通，使女孩儿羞怯而自卑。她没有漂亮的衣服，听不懂别人的话，更不敢和别人说话，在班上，她像个丑小鸭，龟缩在自己的世界里，没有朋友，也没有人愿意和她玩儿，除了每天回到家感受一家人其乐融融的氛围之外，女孩儿的生活并不快乐，幸好很快这种情况便得到了改变。

在美国，每年的10月31都有一个传统，那一天小孩子们穿上服装打扮成小精灵、小魔鬼，挨家挨户地要糖果。女孩儿刚到美国的时候是7月份，三个月后的一天，她和妹妹正在家里的餐桌上学习，突然门铃响了，当时她们根本就不认识什么人，没有朋友，也没有邻居，所以她们很奇怪谁会摁响自己家的门铃呢？女孩儿打开了门，一群小魔鬼小精灵嘴里用英语念念有词，说着“不给糖就捣蛋”。女孩儿和妹妹不懂那些孩子说的是什么，以为他们是入侵者，强盗打劫，她们很害怕，把家里所有的糖果和面包都给了那些孩子们。但这个故事却有了个喜剧的结局，那就是第二年当她了解了这个传统以后，女孩儿成了那一地区最成功的小捣蛋，她要到的免费糖果最多。

这个经历让女孩儿明白了一个道理，要想像其他孩子那样，在10月31日这一天吃到免费的糖果，自己就必须主动出击，勇于伸出那只索要糖果的手。

1975年，女孩儿以优异成绩毕业于霍利奥克山学院，四年后她又获得世界著名学府哈佛大学商学院硕士学位。凭着自己的勤奋和努力，女孩儿一跃成长为一名银行金融和财务管理方面的专家。毕业后短短几年内她便脱颖而出，担任了旧金山美国商业银行国际金融副总裁。

那个时候，对于许多亚裔人来说，谋得一份稳定、高收入的工作是非常不容易的，周围的移民们都很羡慕女孩儿的生活。然而正当女孩儿的事业蒸蒸日上的时候，她却毅然辞去了银行的职务，放弃了10多万美元的年薪，向白宫递交了一份“实习生”申请表。

众所周知，在白宫做“实习生”便预示着有机会跻身美国政坛，担任内阁成员的助手或总统高级顾问，并接受各种领导素质的培训。在经过了层层筛选后，女孩儿成为1983年度13名“白宫实习生”中唯一的一位华裔。女孩儿被安排在白宫的政策发展部门工作，在里根总统的内阁里充当一名职位很低的职员，这让她初步体验到这个世界有多大，体验到自己从没见过的政府有多大，它每天都在向女孩儿打开一扇新的大门，女孩儿每天也都在学习新的东西。

在国外，对于华人，人们最一致的评价是聪明智慧、吃苦耐劳了。凭借这一点，华人可以走出国门，可以闯进各个尖端领域，可以在任何由数字作为标准的工作环境中游刃有余，然而进入美国主流社会却成了华人几百年来无法实现的梦想。人们形象地称美国政界对华裔来说就像玻璃天花板，抬头可见，却难以进入。

然而这一切对这个女孩儿来说好像并不适用，当听到许多华人都在报怨“我没法融入这项活动、这个聚会，或者融入某个计划和组织，因为没人邀请我……”的时候，她非常自信地告诉他们，在美国没人会主动邀请你加入，如果你感兴趣，想要加入，那就直接加入他们好了。

女孩儿是这样说的，也是这做的。凡事她都喜欢却主动出击，就像第一次万圣节的时候，直接敲开邻居的门，向他们索要糖果时那样，女孩儿第一次去华盛顿的时候，便主动去拜访了非常出名的亚裔社会活动家陈香梅女士，在那里她得了许多帮助。接下来，女孩儿积极参与到融入美国主流社会的各种活动中。

这个女孩儿名叫赵小兰，2001年1月1日，在经历了十多年的努力后，赵小兰终于登上了美国劳工部长的宝座，成为进入美国内阁的华裔第一人。这个消息轰动了美国各地的华人社区，也使赵小兰这个名字和她的故事进入了世界华人的视野。

赵小兰的成功，让更多的华人看到了希望：如果你愿意，你也一样可以走出唐人街，尝试去撞破那块玻璃天花板。

赵小兰用自己的经历印证了台湾作家刘凯的那句话：“生命不能害羞，害羞成不了气候。”许多时候对于一个人，尤其是一个涉世之初的年轻人来说，能否撞碎那块阻挡自己上升的天花板的决定因素并非取决于一个人的力气，而是取决于这个人的勇气。

主动成就大业，这就是赵小兰的经历所告诉大家的。

原载于《辽宁青年》

最伟大的倒霉蛋

文|陈全忠

他出生在一个穷医生家里，小时候没有受过很好的教育，但他脑子里有一股狂热的报国理想。他参加了无敌舰队，参与了抗击土耳其侵略的战争。他身体不够强壮，武艺不够高强。在和土耳其军队作战时，他迫不及待首先跳上敌人军舰，而后继者没有跟上来，他被土耳其士兵包围，身负重伤，左手致残。接着他又参加了占领突尼斯的战役，并屡立战功，得到元帅的嘉奖。可是当他拿着元帅的保荐书，做着即将成为将军的美梦时，在归国途中遇到海盗，被俘后被卖到阿尔及利亚，在那里做了 5 年苦工。

后来还是一个神父募集了一些钱把这个年轻人赎了回来。当他回到祖国的时候，很不幸，他的国家已经忘记了这位英雄。他连一个普通的工作都找不到，好不容易在无敌舰队找到一个军需职位。一次，他下乡催征军粮，因不肯为乡绅通融减税，被乡绅诬陷入狱。从监狱出来以后，他改做税吏。一次他把税款交给一家银行保管，偏偏银行倒闭，他第二次入狱。出狱后，他贫困潦倒，不名一文，而且家里妻子、妹妹、女儿一帮子人都要靠他一个人养着。他住的地方，环境是如此恶劣，楼下是酒馆，楼上是妓院。一天，酒馆里有人斗殴，一个人倒在地上奄奄一息，他出于同情把他背到家里。谁知未把人救活，他涉嫌谋杀再次入狱。在此之后，他妻子死去了，他又因为女儿的事情被法庭传讯。

就这么一个两次被俘三次入狱的人，命运从来不肯眷顾他。但恶劣的环境没有淹没他，倒霉的境遇没有打倒他，反而丰富了他的人生之路。他的智慧是把倒霉当作生命的一个必然结果加以接受，并将其化为生命的财富。凭着他对生活的反思和那个国家斗牛士的精神，他写出了名震世界的巨著——《堂吉诃德》。这个最伟大的倒霉蛋就是西班牙作家塞万提斯。

当时，在西班牙一些城市的街头，如果碰见一个人拿着书，一边看着一边笑，如果不是疯子，就一定是在读《堂吉诃德》。作品的主人公仿佛是作者的一个自我嘲讽，也是对命运的一个嘲讽。

人生在艰险关头最能检验一个人灵魂的深浅。对于一个视人生感受为最宝贵财富的人来说，倒霉时的痛苦和顺风时的欢乐都是人生的收入，而且他的账本上没有支出。

原载于《青年科学》

坐在前排

文|朱砂

在美国的新泽西州，有一个叫普林斯顿的小镇，它位于费城和纽约之间，环境幽雅，生活富裕。闻名遐迩的普林斯顿大学就坐落在这座小镇上。校园里宁静祥和，爬满常春藤的哥特式建筑让人不知不觉中隐约嗅到了一股浓郁的历史气息。

20世纪中期，每天清晨，人们都会看到一个二十来岁的年轻人准时出现在校园的林荫路上，他一边慢跑一边左右张望，没有人注意这个年轻人的举动，更没有人知道他在寻找着什么。直到有一天，当一个人瘦弱的身影出现在林荫路上时，年轻人的眼睛突然一亮，渴望已久的愿望终于实现了。

出现在林荫路上的瘦弱的人是20世纪世界最著名的物理大师爱因斯坦。他虽然执教于这所大学，但鲜有学生能获得面对面和大师交流的机会。而向伟大的人物靠近，探寻大师的思想、与大师探讨他的理论，是这个慢跑的年轻人多年以来最为执着的追求。年轻人的名字叫约翰·纳什，四十年后的1994年，他以自己所创立的“纳什均衡”理论荣获当年的诺贝尔经济学奖。

不久前，一个朋友随团去德国首都柏林的几所大学访问，无意中发现与国内一些高校司空见惯的迟到现象相比，德国的学生大多非常准时，偶尔有一两个迟到的，也是脸上充满歉疚。这个朋友还发现，与国内许多学生听课时总是坐在后排或选择坐在不太引人注目的角落里形成鲜明的对比是，德国的学生无论男生还是女生，抑或是出双入对的情侣，他们总是尽可能地选择坐在前排，一些学生为了能抢到靠前的位置，甚至不惜起早。问及原因时，一个学生笑着回答："坐在前排的好处太多了，可以减少外来因素的打扰，即使偶尔思想开会小差儿，也会很快重新投入课程中去；坐在前排，向教授提问的机会相对于后排要高很多，更为难得的是，你可以近距离地与教授面对面交流，如果因为认真听课并积极回答问题而给教授留下好印象的话，在奖学金申请、论文答辩、进一步深造等方面的好处更是数不胜数。"

说到这儿时，我不由想起另一位朋友来。

我的另一位朋友是个自由撰稿人，妻子几年前下岗，一家人的生活只靠他微薄的稿费收入支撑着，妻兄见他们家实在困难，建议他摆个地摊或开个小门市，他坚决不肯，仍旧每天趴在电脑边敲击着文字。朋友的妻子很宽容，没有强迫丈夫去做他不愿意做的事，而是自己主动找了个给人做保姆的工作挣点钱贴补家用。

去年，朋友的一部长篇小说被一家影视公司相中，从此全家一举奔向了小康。

前几天一起吃饭，我问他当初为什么就那么执着地选择写作这条路，宁肯节衣缩食也不放弃时，朋友说了一句很耐玩味的话，"这个世界与谁争饭吃注定了饭碗里饭的质量，一个人但凡还有机会，就应该尽量坐到社会的前排，这样生存空间才会更大，生命也才会更有意义。"

我点头，若有所悟。

人的一生中，许多人都面临过或正在面临着这样或那样的选择。一个人在生命的每一个十字路口对自己所进行的人生的定位，往往会影响他今后几年、几十年甚至是一辈子的思想层次和精神状态。坐在前排，那绝不仅仅是一个简单的举手投足的动作，而是一个积极的人生信号，它会使人在不经意间提升自己的人生层次，为自己的生命开拓出一片更为广阔的未来。

原载于《辽宁青年》

最美的风景是心灵

文|王治国

一天，一位山民到张家界天子山一个人迹罕至的山谷采药。在攀岩时，手指突然被刺痛了一下，他起初以为只是被植物扎了一下，可定睛一看，他不禁惊呆了，岩石上，一条五步蛇正示威似的向他吐着芯子，而食指上正不断从两排细小的牙印处渗出血来！自小生活在大山里的他深知，人若被五步蛇咬了，若不马上解毒，不出两个时辰就会毙命。而他所处的位置，离最近的医院至少需要三个小时的路程。

怎么办？看着手指上的血往外冒，为防止蛇毒随血液往全身扩散，他做出了一个惊人的选择：他将手指伸开，咬紧牙关，挥起柴刀，一刀剁下了食指的前两节指头！都说十指连心，但求生的念头让他顾不了那么多了！他将伤口简单包扎之后，忍着剧痛急忙往山下奔。这时候，一分一秒的时间对他来说都弥足珍贵，时间成了他与死神赛跑的唯一裁判。

就在他在山林里穿行时，突然从不远处传来了微弱的“救命”声。循声望去，看到一男一女被困在一处断崖上，进退两难。原来，两位求救者是慕名从上海来此旅游的新婚夫妇。他们在天子山景区游览了“一步难行”景点后，想抄近路到“十里画廊”去，但很快他们便迷了路，不知不觉陷入了这绝壁断崖上。他们疯狂地喊“救命”，可几个小时过去了，听到的只是自己的回音，恐惧与绝望将夫妇俩的心境推向了万丈深渊。

“这一带十天半月都不会有人来，如果我不去救他们上来，他们肯定会命丧于此。”看着自己还在滴血的手指，他迟疑了一下，但很快他便爬到了断崖上面。往下一看，才发现拉他俩上来谈何容易！两边是万丈绝壁，岩壁起码有三丈高，而且极陡，自己根本就够不着他们的手，所幸的是，岩壁腰上凸出一小块岩石，刚好够一两个人侧身站立。他在丝毫没有考虑自己安危的情况下，毅然翻下绝壁，侧身踩在那块凸出的岩石上，受伤的右手抠住绝壁上的一条石缝，左手伸向力气全无的患难夫妇。

他让丈夫将妻子从下面顶上来够着他的手，然后用力往平台上拉。拉到平台后，便叫女游客踩在他的肩上再向上托。10多分钟后，女游客终于爬上了断崖。由于用力过大，受伤的右手疼入骨髓，他额头上冒出了豆大的汗珠，他几次差点从立足的小岩石上跌落下去。他稍微喘息一下，再次将手伸向了男游客……

半个多小时后，这对夫妇终于被救出了断崖。他绷紧的神经松弛下来，面色苍白，全身无力地瘫倒在地……夫妇俩这才发现，他血流不止的右手食指分明已少了一截，被他抓过的岩石上也留下了斑斑血迹！知道真相后，夫妇俩又是感动，又是心疼，更是焦急，双双跪倒在他面前，失声恸哭！

他们得救了，可死神逼近的脚步却一刻也没有停止，苏醒后的他看着自己渐渐泛黑的手臂，仿佛看到了死神狰狞的面孔。他打起精神，给这对夫妇指明下山的路后，然后抄近道向医院奔去。他费尽气力赶到医院便昏迷过去。医生检查过后说，由于毒液扩散，他右臂的部分肌肉已经坏死，以后右手不能再从事高强度的劳动了。如果再拖延半小时，生命就会出现危险……

他的事迹很快便在当地传开了。事后有人问他：“在你自己与死神赛跑的时候，你却突然停下来去救别人，难道你没有想到自己会死吗？”他憨厚地笑笑：“我一命换两命，值！虽然自己当时也要抢时间治伤，但在游客需要帮助的时候，我没想那么多，我只知道游客是客人，我是主人，我应该先帮助他们摆脱险境。”朴实的言语折射出的是一个无比崇高的灵魂！可以想象，受蛇咬伤后断指自救的他，当时即使不伸出那还在淌血的援手，也不会受到任何责怪，哪怕是常说的道德上的谴责。但他做了，因为他血液中流淌着善良。

当自己的生命受到威胁时，他毅然砍掉了自己的手指，这是对生命的渴望和向往，是求生的本能；当自己和素昧平生的游人同时身陷危境、面临生死抉择时，他不顾自己的安危，毅然把生的希望给了别人，这又是对生命的何等尊重和悲悯，是人世真情的自然流淌。

他叫赵明健，是世代生活在张家界风景区里的一个普通的农家汉子。生死关头，他做出了超越生命的选择。从他身上，我们读到了关于生命意义的真实诠释，也深切地感悟到：比风景更美的是人的心灵！

原载于《长沙晚报》

第七章

如果你对生活微笑

当你对别人微笑的时候，别人也许并不对你微笑。那么，请继续对他微笑。也许前99次面对的都是对方的冷漠，第100次面对的就是对方的微笑了。

对梦想亦如是，站在再卑微的岗位上也不要心灰意冷，放弃最初的梦想，如果你对生活始终保持微笑，尽全力对待当下的工作，温暖别人同时不断学习别人，终有一天你会发现，现实在你100次微笑之后不会再冷漠，生活也会回报你以微笑。即使结果不是当初所想的那样，你也可以借此走得更远。

如果你对生活微笑

文|陈全忠

有一天，腾讯北京分公司20层楼的保安换人了，这种事情根本不会引起来来往往上班的任何一个人的注意。

但是，很快，公司里的同事发现这个保安有点特别。表面上看，这个前台保安身材瘦瘦的，丝毫不起眼；但细看，这个小伙子真的不一样，他的身子挺得笔直，眼里有光，眼角有笑容，对每一个来往的人都很谦逊、热情地打招呼。

不到一个星期，他就能叫出这一层楼公司里所有人的名字。每天早上，他总是微笑着告诉对方：你是第几个到的；下班前，每个人匆匆而过，即使别人没有认真抬眼看他，他也会认真地带着微笑提醒："明天从夜晚12点到凌晨3点会停电，请大家提前保存数据"，"明天会变天，注意加衣服"，"今天加班这么晚，回去好好休息"……

那些白领帅哥美女们第一次听到保安这种热情洋溢的提醒，心里感觉怪怪的，有时候抬头看一眼，琢磨一下话中的意思，想想那笑容是不是假的，带着什么目的呢？可是，这个保安每一天问候都是如期达到，还很贴心、实用，渐渐有人相信了，那笑容与问候不是假的，这保安小伙子是真的很热情，很阳光。于是，有人愿意停下来，跟他打个招呼。时间再长一些，有人愿意跟他攀谈，说说工作生活中的小事情。如果都有空了，还有同样热情的人把这个保安当成朋友，邀请他一起打羽毛球，玩网络游戏。

腾讯研究院的一个负责人自己也不清楚是从什么时候注意这个小伙子的，可能是有一次，这个保安告诉爬楼上来的他："每天，我都坚持走楼梯从1楼到20楼，这样对身体很有好处。但要注意一下，11层和12层的烟味比较重，不过9点以前其他楼层几乎没烟味。"这个负责人很惊讶，爬楼锻炼身体也就是这几天的心血来潮的事情，这个小伙子怎么就注意到了呢？

一来二往，大家都跟这个保安熟了，知道了他的名字叫段小磊，24岁，知道他毕业于洛阳师范学院，和很多怀有梦想的年轻人一样，揣着对互联网工作的满腔热情到北京闯荡。尽管拥有计算机和工商管理的双学士学位，但对一个既无工作经验又不是名牌院校毕业的年轻人，想要在北京找份理想的工作却是难上加难。在经历了多次碰壁之后，段小磊毫不气馁，想出了一个实现梦想的"曲线救国"方案——去IT公司当保安。这样不仅能解决生存问题，也能使自己离梦想更近。

于是，段小磊就成了腾讯公司的前台保安，一个同事们都很熟悉的朋友。尽管做着保安，但他很踏实，在身边散发光和热，梦想也没有丢弃。工程师朋友们发现，这个保安很爱学习，工作之余，喜欢看一些计算机方面的书，遇到不懂的问题经常向大家请教，还会参与技术方面的讨论。终于机会来临了，这个始终微笑着的小伙子拿到了通行券。2012年2月，腾讯研究院急需一批外聘员工从事基础性的数据整理工作。这项工作专业性不是很强，只要求员工熟练操作电脑，对数据敏感，有责任心即可。负责人马上就想到了身上带着温暖阳光同时追求上进的段小磊，这名负责人问他："你想不想来帮我们？"几天后，段小磊正式辞去了保安的工作，经过一系列的面试，顺利晋级，入职腾讯研究院。

现在，段小磊在20楼有了新的工位。他在桌子上放着自己养的花，还贴了各式各样的小纸条，纸条上写满了每天要做的事，时刻提醒自己：“感恩，对生活微笑，我会的东西还很少，还要继续学习。”

段小磊的华丽转身故事经腾讯公司证实、微博传播后，被网友们称为“2012最励志的保安”。在一场名为“提问励志哥”的微访谈中，一名网友问他，华丽转身背后的窍门或关键点是什么？段小磊说：“当你对别人微笑的时候，别人也许并不对你微笑。那么，请继续对他微笑。也许前99次面对的都是对方的冷漠，第100次面对的就是对方的微笑了。”

对梦想亦如是，站在再卑微的岗位上也不要心灰意懒，放弃最初的梦想，如果你对生活始终保持微笑，尽全力对待当下的工作，温暖别人同时不断学习别人，终有一天你会发现，现实在你100次微笑之后不会再冷漠，生活也会回报你以微笑。即使，结果不是当初所想的，你也可以借此走得更远。

原载于《知识窗》

风口浪尖上的坚守

文|李丹崖

1912年11月，刘海粟与乌始光、张聿光等人在上海创办了上海国画美术院，这是中国的第一所美术学校，刘海粟本人也扛起大旗，做了校长。上海国画美术院建校之初，就提倡新派学风，主要教授西洋画，且打破了女子不可入学的陋习，欢迎女子就读，并男女不分班，一起学习和研讨。

不仅如此，刘海粟觉得若要创新，就要进行彻底，他大胆地把裸模引入了素描课程，首度起用裸体女模，一时间，上海各界纷纷口诛笔伐，骂刘海粟乱了纲常。就连教育部门也为此专门召开会议，通过了禁用模特的提案，各大高校纷纷响应。

刘海粟看到这里，觉察到社会依然蒙昧不化，若自己不坚持，不仅会遭遇更大的讥讽，而且会给后来的改革者带来很大的阻力。于是，他依然坚守自己的道路，继续提倡模特进入美术课程。

对此，社会各界引起了很大的骚动，有人开始公然站出来对抗刘海粟，上海总商会会长朱葆三在报纸上发表了给刘海粟的公开信，指责刘海粟“禽兽不如”，就连上海市议员也要求严办刘海粟。刘海粟一边写信给政府，说“世人不察，目为大逆、讥笑怒骂，百喙丛集。鄙人为学术尊严计，不惜唇焦舌烂，再四辩白，有识君子，欣焉有得，可谓世有是非，窃自庆幸”，一边走自己的路，不管别人怎么说。

但是，在一次裸体模特的画展上，突然有人闯进来，指着画展上的画作叫骂说，这是在宣传淫秽思想，于是，画展只得中途遭遇关闭，后来，反对刘海粟的言论越来越甚，刘海粟被批为“教育界的蟊贼”。

世俗的眼光哪能瞬间就开化？随着刘海粟的一再坚持，叫骂声越来越凶，有人这样形容刘海粟，说他是上海的“文妖”“艺术叛徒”，目的是蛊惑世人，搞乱伦理。

刘海粟看到裸体模特之路如此艰难，只得给直系军阀的首领孙传芳写信，希望得到他的支持，哪知道，孙传芳却回信拒绝了刘海粟的请求。

刘海粟看到孙传芳也这样顽固，继续在报上刊文自我辩解，孙传芳看到刘海粟如此“不识抬举”，大怒，下密令通缉刘海粟，无奈的是，刘海粟所在的位置是法租界，孙传芳不可能直接拿人，再三交涉之后，法租界只得决定让刘海粟暂停一下裸体模特课程，过一段时间，就“睁一只眼闭一只眼”了。

自此，刘海粟的裸模风波慢慢平息，后来，逐渐被人们认可的裸模慢慢得到普及，提及刘海粟当年的坚守，《申报》专门刊文这样评价：“刘海粟三个字在一班人的脑海里、心头上，已经是一个凹雕很深的名字。在艺术的圈子里，他不但是一个辟荒开道的人，并且已是一个巍巍树立的雕像。”

原载于《语文报》

更重要的事

文|尹玉生

马格丽特·桑斯特是一位杰出的社会活动家。她在一个大城市的贫民窟工作期间亲身经历的一件事情，令她至今难以释怀。

那时候，在马格丽特的不懈努力下，终于一家健身房同意在贫民区的孩子们放学之后，免费为他们开放。一天下午，一个男孩架着双拐蹒跚着走进了健身房。他的一条腿严重扭曲，只好在旁边一脸羡慕地看着兴高采烈地进行健身的同龄人。在和小男孩聊了一段时间后，马格丽特得知，小男孩的腿是被卡车碰撞导致受了重伤的。因为家中贫困，一直没能到医院治疗。马格丽特，这位极富同情心的社会工作者，立即将这个小男孩带到医院做了外科检查，检查后发现，如果经过一系列的手术，小男孩的腿是完全有可能康复的。只是因为送来救治的时间过晚，手术的难度较大，所需费用也较多。经过马格丽特多方奔跑和说服，医院同意减免一部分医疗费用，一位银行家也开出了一张限额支票，小男孩的家人以及马格丽特本人也共同凑集了一部分资金。在接下来的几个月的治疗中，一切都进展得非常顺利。

终于有一天，小男孩甩掉拐杖，走进了健身房，他来到篮球架前，将篮球投进了筐中。在以后的日子里，马格丽特一直关注并帮助小男孩一步步走向康复。“当有一天，我看到小男孩居然跑了起来，”马格丽特回忆道，“我的泪水抑制不住地流了下来。”

“现在，小男孩已经变成了一位健壮的小伙子，”马格丽特向她的听众问道，“你们知道他今天是做什么的吗？”

“和你一样，是一位受人爱戴的社会工作者。”许多听众自信地回答道。

“不，”马格丽特否认道，“他既不是社会工作者，也不是教师，工人，或者农民。他因为抢劫正在监狱里度过着他的三年刑期。”

说到这里，台下一片寂然，马格丽特已是泪流满面。她哽咽着继续讲述道：“这是我一生中最愧疚的一件事情，我只顾忙于教他如何走路，而忽略了更重要的事情，那就是教他应该往哪里走！”

原载于《辽宁青年》

接受捐赠的资格

文|沈岳明

1956年，美国普利公司女总裁奥娜斯向全美10家盲童学校发出捐赠信息。时年59岁的她，明确地向媒体表示，她希望在退休之前将一笔善款捐给盲童学校。但接受捐赠的学校必须派专人来跟奥娜斯商谈，而且谈话的地点必须是在奥娜斯的家里，如果奥娜斯满意了，那么捐赠便执行。如果在一年时间里还没有人拿走这笔捐款，那么捐赠将取消。

转眼半年时间过去了，奥娜斯依然没有将那笔善款捐赠出去。眼看时间一天天过去，又是两个月时间在悄无声息中过去了。如果仍然没有人能让奥娜斯满意，那么一旦她退休，这笔捐赠便要取消了。这件事一度引起媒体的强烈关注，整个美国都沸腾了，也愤怒了。人们都说奥娜斯在作秀，如果不想捐款便算了，别拿人家盲童学校寻开心！还有人干脆坐到普利公司楼下举旗游行，抗议奥娜斯用这种不负责任的言论来伤害美国几十万盲童的心灵。特别是曾经派人跟奥娜斯商谈过的盲童学校，更是到处说她的坏话。

令人奇怪的是，奥娜斯却并不生气，她接受记者采访时，依然是那一句话：如果受捐机构派出的人能让她满意，那么捐赠便成交，否则一切免谈。

就在一年时间的期限即将结束，所有人都认为奥娜斯是不会将那笔钱捐出去的时候，奥娜斯却成功地将那笔钱捐了出去。那是一家名不见经传的私立盲童学校，校长艾古丽，是一位年轻的姑娘。

当记者采访艾古丽时，她只是浅浅地笑着说：我也不知道这是为什么，我甚至还没来得及向她提捐赠的事，奥娜斯女士便答应将那笔款子捐给我们学校了。艾古丽奇特的回答，更加引起了人们的兴趣，难道艾古丽会使魔法，她一声不吭便能将这么个难缠的女总裁制服？于是记者们都去采访奥娜斯，为什么那么多出名的盲童学校都没能争取到她的捐款，而被这么一家并无多少名气的学校争取到了。

奥娜斯说："原因很简单，因为艾古丽是一位合格的盲童老师！"奥娜斯接着说："那么多人来我家，可是却只有艾古丽发现我的小孙子是一位盲人。我的小孙子埃里克，就一直坐在我的旁边，很多人一来便跟我谈那笔款子的事，而只有艾古丽一直在跟我谈埃里克，如何让埃里克像正常人那样去学习、生活，还邀请埃里克去她的学校接受教育。"

最后，奥娜斯说，这就是我给所有人的答案：一个根本就不关心盲人的人，是没有资格来办盲人学校的，更没有资格接受我的捐赠！

原载于《青年文摘》

瞬间起飞

文|查一路

从二楼前的平台走过去，听见噼噼啪啪的声音。一楼的门面房开了一家餐厅，餐厅的厨房在后面，烟囱伸到了二楼的平台。辨听了一会儿，我确定声音是从烟囱里发出的。

我转头一看，是一只麻雀在烟囱中。我猜想，一定是一只受了伤的麻雀，站在窄窄的烟囱檐口，不小心掉了下去。现在，它想飞起来，撞到烟囱的四壁，撞得烟囱的铁皮当当作响。

再次看这只麻雀时，它瑟缩在烟囱弯曲的底部。脑袋漆黑，像京剧中的花脸，只有眼睛倒映着天空，在亮晶晶地闪动。

既然我看见了它，我就应该搭救它。老婆从厨房走出来，我把事情跟她一说。老婆说："你傻呀！"

她想到了另一件事。前一段时间，由于那个烟囱向小区排烟。居民跟这家餐馆闹了很大的纠纷。

现在，老婆说："你拿个竹竿去，谁知道你是去搭救一只麻雀？人家以为拿竹竿去捅他的烟囱呢。"人比麻雀自私，一件简单的小事，竟被想象的这么复杂。

快到中午，我的担忧在加剧，因为临近餐馆烧饭的时间了。我一直站在书房的窗户前，这窗户正对着那餐馆的烟囱。透过餐厅厨房的窗户，我看见厨师挥起了大勺。

这下，我想，麻雀完了。

可就在瞬间，一个黑影从烟囱蹿出、升腾，直冲天空。

就是那只麻雀，飞翔的姿态，竟然像一只鲲鹏。

一瞬间，它穿越了幽暗、疼痛、沮丧、挣扎。一瞬间，它重新找到了蓝天和飞翔的感觉，高高在上，轻捷自由。

我喜欢看那些弱小的生命在强大的绝境面前舞蹈，纤弱的体内爆发出的顽强和卓绝，总那么震撼人心，并把人的精神引向高处。我对它们抱有同情，更多的是，抱有深深的敬意。

一天，我与那位餐厅老板攀谈起来，很快谈到了麻雀。他说，经常有麻雀掉到烟囱里。奇怪的是，麻雀撞撞跌跌飞一个上午都飞不出去，可在临近烧饭的中午，麻雀就会飞出去。

唯一的解释是，烟囱受热时，把炽热的疼痛传给了麻雀。疼痛，让麻雀一飞而起，且一飞冲天。

原载于《深圳青年》

越谦逊，越藏名

文|李丹崖

1919年的时候，画家刘海粟偶得两幅古画，很是喜欢，挂在书房日日观瞻。突然有一天，刘海粟在一幅画上发现了“关仝”两字，甚为惊奇，难道这真是关仝的真迹？若是，那可就赚大发了，关仝是中国五代时期的大画家，在世界美术史上也是不可多得的殿堂级人物。

为了弄明白到底是不是关仝的真迹，刘海粟求人把这幅画交给吴昌硕鉴定，吴昌硕拿到这幅画也不敢怠慢，经过再三鉴定，吴昌硕确信这的确是关仝的真迹，乃稀世珍宝，简直不可用金钱来衡量。

刘海粟一听，大喜过望，他转念一想，吴昌硕是我国近现代书画艺术发展过渡时期的关键人物，“诗、书、画、印”四绝的一代宗师，吴昌硕的作品在收藏界也一直受到热捧，若是在这幅画上能够得到吴昌硕的题诗，那岂不是锦上添花？刘海粟亲自拜会了吴昌硕，把来意告诉了吴昌硕，哪知道吴昌硕听了，连连摇头说：“我哪里够格呢？这张名贵的古画快一千年了，要是佛头着粪，把画题脏了就愧对古人！”

刘海粟很是失望，揣摩着，莫非是没有给吴昌硕润笔费？于是，他找到了吴昌硕的外甥，还备上了厚酬，再请吴昌硕题诗。最终，还是遭到了吴昌硕的拒绝，吴昌硕解释说：“不是我珍惜几个字、一首诗。古画是历经磨难的劫后幸存之物，一题就弄坏了。你回去告诉刘海粟先生，千万不要找人题诗题字，切记！”

后来，刘海粟有机会见到了吴昌硕，吴昌硕指着刘海粟收藏的那幅关仝的画说：“你有没有发现关仝在自己的画上题字很小？”

刘海粟点头，并问：“为什么？”

吴昌硕说：“五代时候的画家，以题字不被人发觉为荣，他们这样做，是让人关注画作，而非谁的画，这才是真正的大师，他们唯艺术，而不唯名头。”

刘海粟听了，更对这幅画以及吴昌硕先生肃然起敬。

从关仝到吴昌硕，印证了这样一点：越谦逊，越不会显山露水。这才是大师们的智慧。他们深知：作品才是名气的根，离开的作品，一切虚名都如浮云。而谦逊，却能让人更加淡泊沉稳地触摸了艺术的灵魂内核。

原载于《知识窗》

像玫瑰花一样绽放

文|冯有才

黑色的6月，我落榜了，意料之中的事。因此，我打算等过完了这个属于我学生生涯的最后一个暑假，我就跟叔叔一块南下打工去。

家门前的街道口，不知道什么时候多了一家鞋店。是一对母女开的，母亲站在店里照顾生意，而她年仅17岁的女儿则孤独地坐在店后的院子里。那个花季女孩，早在她2岁的时候，就已经失去了欣赏这个美丽世界的权利，仅仅是在她生病时，一个不入道乡村医生那致命一针便使她失去了视觉。她母亲告诉我的时候，眼睛一直都是闪烁着的，像是为女儿的不幸而惋惜，更像是为自己的照顾过失而自责。

女孩叫萧依依，一个很好听的名字。是我和她聊了一下午，她才告诉我的。她的性格很开朗，笑声也很好听。可是我知道，无论怎样，现实中的那层黑暗会成为她心头上的一块阴影，始终抹不去的。末了，她问我是干什么的，我告诉她说自己是一个今年高考的学生。她接着问我考得怎样，我违心地告诉她自己考得很不错！听到这话，她笑了起来，说道：那一定能进大学喽！我嘿嘿一笑。不知道为什么，听到这里，我的心里有一丝丝阴凉的感觉。

几天后再去看她的时候，她正在摸索着用一把小铲子，给盆里的一棵玫瑰花松土。我告诉她：玫瑰是代表爱情的，你怎么种起了它啊？

听完我的问话，她惊讶地回答道："我不知道自己种的是玫瑰！更不知道玫瑰是代表爱情的！我只知道去年它开放的时候，枝子上有好多的刺，但花摸起来很舒服。"然后，她又问我玫瑰花是什么颜色的，我说是红色，听到这，她更是一阵阵的惊奇："原来，这红色就是代表着美丽的啊！那你的录取通知书也是红色的吧！也一定很美丽吧！"

我无言，顿了好一会才说道："我也不知录取了没有，因为我还没有接到通知书！"

"那你考得怎么样啊？"她急促地问我。

"刚达分数线！"说这话的时候，我分明听见自己的心跳声。

"那就好！你就耐心等通知吧！我相信你！"说到这，她紧紧地握住了我的手。我的脸也一阵阵发红。

从那里匆忙地逃出来后，我一连好几天都躲在家里看电视、睡觉。从殷实淳朴的言语里，在那中肯信任的双手里，我第一次读出了深深的自责。

之后，我又去她那儿，刚进她院子的门，她就反应过来了，问了一句："是冯有才吧！"

我沉重地应和了一声，端来了一条小凳子在她身边坐下，刚准备开口告诉她事实的时候，她就已经用手在嘴边先做了一个"嘘"的姿势，然后说道："让我先说！让我先说！"

我再次沉重地应和了一声，她便开口继续道：

"我知道，你今天一定是来告诉我关于你高考的好消息的。对吧？你知道我这几天心情很郁闷，你就想通过这个好消息来让我开心，是吧！"

听到这，我愣了，又决定临时改口了。

“是啊！我通过168信息服务台查了，自己已经被省内的一所师范院校录取了！现在正在等录取通知书呢！”

听完我的话，她开心地拍了拍我的肩膀。说道：

“我就知道，我的朋友肯定是有能耐的、有才气的！是吧？”那架势，倒像是她自己考上了一样。

我低头再次应和了一声，声音很小很小，小得甚至连我自己都听不清了。

“你是我的第一个好朋友，真的，从小到大，都没有什么人愿意和我交往，更不必说是和我做好朋友的了。”她又开口道。

听到这，我的眼睛有些模糊了。我知道，曾经只有文字上出现的“美丽的谎言”这几个字，如今，真的在我身上开始了。

最后一次去她那里，是我准备动身去打工的前两天。去的时候，我带了一张贺卡。她很开心，同时又责怪我为什么这么久都不去看她。我告诉她：“我这段时间正忙着办理户籍转移，团组织关系转移等各项零碎的入学手续，所以没有时间过来看你！”听到这，她才开心地笑了起来。

我及时地把贺卡递给了她，说道：“这是录取通知书，你看看！”说到“看看”这两个字的时候，我故意把声音压得很低很低。她把贺卡放在手心，摩挲了好久才说道：

“原来大学的录取通知书是这个样子啊！”分明间，我听到了她颤抖着的声音。

我的心再次一阵颤抖，说道：“我就要走了！希望你好好保重自己！更希望你能够天天开心！”

她再次紧握着我的手，说道：“你也是！”然后，慢慢地摸到了那盆玫瑰，把它捧在手中，说道：“把这盆花送给你，送给我最亲爱的朋友！希望你能像这盆玫瑰一样火红美丽！”

我拒绝了她。我知道，这盆花，这份祝福原本是不属于我的。我现在还没有力量去捧起这份沉甸甸的玫瑰与祝福。我说道："不了！还是你留着吧！再说，这花我也不方便带到学校啊！等到它再开的时候，我再来看看你，好吗？"

听完我的话，她很失落，但拂之不去的是她的那分喜悦，这仅仅是因为我的到来。

回到家，我对爸妈说，我要复读！听到这话，他们吃了一惊，然后，很快就同意了。在我复读的那年里，我出奇地用功。其程度，甚至都超过了父母、老师的想象。在我的每本书上，我都会用力写上两个字：玫瑰！好多同学都笑着问我："玫瑰是代表爱情的！你写在这是干什么的？"我无言。但我知道，在我的内心深处，这份玫瑰代表着的是那份纤然有力的友情和那份包含着满腔真情的祝福。

一年后的我，坐在大学校园里的石凳上，写下这篇稿子时，我就暗下决心：这个假期，我一定去看看那个女孩，一定要回来那一份现在才属于我的友情玫瑰！

原载于《辽宁青年》

最佳位置

文|王治国

周五下午，学校特别邀请了校外辅导员毛铁军老师来学校做一场演讲。毛老师是一位战斗英雄，退伍后一直在我们市做慈善工作，是我们市家喻户晓的活雷锋。

校园的宣传海报上说："本活动周五下午两点在五楼的阶梯教室进行，并鼓励同学们去听讲。"为了抢到一个听报告的最佳位置，我不到一点半就拉着好友尤清一起来到了阶梯教室。里面零散地坐了一些同学。我暗喜，抢先坐到了第一排靠过道的位置上。尤清则坐到靠后几排的中间位置上。看我坐在前排，尤清就提醒我："喂，快过来跟我一起坐吧，你别想在那个位置坐稳。"

隔着几排，我揶揄他道："傻帽，来这么早不就是想抢个好位置吗？你看前排多好，距离近，视线好，说不定还能有跟嘉宾握手的机会呢，你赶快过来啊。"

尤清见无法说服我，便若有所思地笑笑，不再坚持，有一种静观事态发展的意味。

人陆续涌进来，坐下。虽有几个同学也跟我一样坐到了前排位置，但更多的同学还是选了较为靠后的位置坐下了。我正暗笑他们"傻帽"的时候，主持报告会的教导主任端着茶杯进来了。他扫视了一下全场，然后走到话筒前说："请前排的几位同学去后排就座，因为前排是学校教职工坐席。”

我心里有些懊恼，只得极不情愿地起身让座。由于离报告会开始还有一些时间，后面还空着许多座位，于是我选定了靠后一排并且靠过道的座位坐下。尤清看了，就隔着老远用手指示意我往中间位置串一下。中间确实都空着位置，但我宁愿坐在最外面、靠过道的地方，因为这样自己出入都很方便。这才是最佳位置嘛！我没有理会尤清，微笑着冲他摇了摇头，意思是说：不必了，这个位置很好！

离开场的时间越来越近，来的同学也越来越多。让我始料未及的是，后来的同学为了坐到中间的位置上，不断地请求我起来，让他们通过。我烦躁不堪，但又无可奈何，只得一次又一次地起身，直到我所在的这一排全都坐满为止。

报告会终于在热烈的掌声中开始了。毛老师的讲述引人入胜，也引起了同学们的强烈共鸣。但在报告会进行了四十分钟后，新一轮的不平静又开始了：中间的同学为了上厕所或接打电话，不断地起身离座，然后从我跟前往返穿过，而我不得不一次又一次地起身让行……我的糟糕心情又开始了。

两个小时的报告会终于结束了，报告会也终于在我周而复始的起身让行中结束。由于过多地分散精力，毛老师的报告我听得丢三落四，错过了许多精彩的章节。

走出阶梯教室，我的心情很是糟糕。尤清走过来，笑着拍我的肩：“怎么样？报告会听得如何？”“唉，别提了，那些人不断地出来进去，我则要不断地起身让行，烦死了！”我懊恼地说。

“你有没有想过，这是为什么？”我惶惑地看着他，等待他的高见。“这是因为你没有选好‘最佳位置’！”

我自感委屈：“我的位置选得很好啊。”

尤清不理我，语重心长地说：“与人方便，才能于己方便啊。通过这两次选位置来看，你完全忽略了这一点。无论是你坐在前排位置，还是坐在后排最外面、靠近过道的位置，你心里想的都是自己方便，却忽略了为别人提供一些方便。你看，第一次选坐席，你坐到了第一排，心里没有装着教职工们，因此被教导主任赶走；第二次，你图自己出入方便，却不得不一而再再而三地‘不方便’。”

结合尤清自己选位置的情形，尤清的话顿时让我茅塞顿开，羞惭万分。是啊，当一个人只想到自己时，其实他把困难也留给了自己，而当他把方便让给别人时，其实别人也把方便给予了他。

所谓最佳位置，就是一个既自己方便，又方便别人的地方。只有心里装着别人，才能找到这个于人于己都方便的最佳位置！

原载于《青春》

你也可以如此高贵

文|王治国

我到深圳后找到的第一份工作是到一幢二十层高的商务大厦当保安。整天迎来送往的都是一些有知识、有才能的白领阶层，我感觉自己很卑微，渺小得如一粒砂，在这座城市里毫无依附感。

那天我当班。晌午时分，我发现一个中年人把装满废品的三轮车停靠在街道旁，然后拿着一杆秤，径直向大楼走了过来。他走到大楼下面，有些鬼祟地向楼里探望。对此，我起了戒心。于是，我拿起橡胶棍，威严地出现在他面前："你在这里干什么！"

此时他正饶有兴致地摩挲着楼房的外墙，被我这一喝，不禁吓了一跳。他操着一口地道的湖南口音满脸赔笑道："不，不干什么，我只是想参观一下这楼。"

"没看到牌子吗？"我用橡胶棍指了指不远处的一块铁牌，念道："出入登记，谢绝参观。"

他依旧憨厚地笑："对不起小兄弟，我不识字。您能让我到楼里看看吗？我对这幢楼有感情，十来年我心里一直装着它哩。"

"对这幢楼有感情？真滑稽！"我毫不掩饰自己的鄙夷和不屑，笑了起来。他的脸突然红了，语气里却满是自豪和骄傲：

“是啊，因为这幢楼里留着我的半条胳膊！”我这才发现，他的右臂从肘关节往下竟然是空的！

我错愕不已。他燃上一支烟，慢慢抽着：“十五年前，像你这个年龄的时候，我和村里的乡邻来这里做起了建筑工，现在的许多大楼都是我们盖的哩！在将这幢楼建到第十三层时，由于超强度工作，我一迷糊就把一只胳膊伸进了搅拌机里……”说到这里他的眸子里蕴蓄着泪花。

“后来我带着工钱和一笔抚恤金，回到湖南山村并讨了婆娘，但我始终忘不了这座城市，忘不了这座嵌进我半条胳膊的大楼……”

“所以你就再次来到深圳了？”我问。

“嗯，这次我连老婆孩子也带来了。由于我没了半条胳膊，做别的活计不行，干收破烂的营生倒还可以，每次经过这里，我的心就无法平静，总是免不了向里面张望。现在站在这里，我感觉自己很自豪，因为这幢大楼里嵌着我的半条胳膊！”他说这番话时脸上流露出的高贵表情丝毫不逊色于整天在大厦里出入的白领。

那天，我第一次带着一种复杂的心情陪着一个陌生人一起参观了这幢大楼。我们从一楼一直走到十六楼，我的心境也随之由卑微走向高贵，因为我发现了在自己身上早就存在的诸多值得自豪的东西，比如我曾经在读中学的时候扶过盲人过马路，我在逛街的时候协助民警抓过扒手，我做保安以来工作上从未出过任何差错……

“我感觉自己很自豪，因为这幢大楼里嵌着我的半条胳膊！”原来，每个人生命中都会有高贵的、值得骄傲的部分，只是我们太过于看轻自己，没有发现或不敢正视这种高贵罢了。只要我们稍微留心观察周围的现象，常常能发现，在平庸的背景下，哪怕是一点儿不起眼的灵魂生活的迹象，也会折射出动人的光彩。

把握做一块砖、一粒砂的幸福，你会拥有整幢大楼的高度。当我们陷入生活最低谷的时候，当我们处在为生存苦苦挣扎的关头，告诉自己“你也可以如此高贵”，便是给生命注入一种赢的力量！

原载于《深圳特区报》

盘旋于绝境之上的不屈精神

文|查一路

弗洛伊德·柯林斯这个名字，给予我的是深深的震撼。夜阑人静，思绪久久难平，我是从美国普利策新闻奖名篇中读到这个人和他的故事的。

善良的人，会为每一个不幸生命的逝去而感叹。然而，读到柯林斯，一种痛彻肺腑的感觉出现在我心里，猝不及防的疼痛瞬间将我击中。

时光回到1925年1月，一名叫弗洛伊德·柯林斯的洞穴探险者在探险时遭遇不幸，这位美国阿肯色州山地青年的遭遇，引起了全体美国人的关注。1月29日，当他在父亲的农场寻找一个能够吸引游客的洞穴时，不幸陷入困境，不能自救。在那个名叫“沙洞”的大洞穴中，柯林斯被一块巨石卡住了左腿，动弹不得。人们想办法施以援手，还是不能把柯林斯从困境中解救出来。在人们难以想象的疼痛和折磨中，柯林斯整整坚持了十九天。他勇敢的心和顽强的意志，在同情者的心里，打下了无法泯灭的烙印。

十九天的时间，一分一秒对柯林斯来说都是煎熬。在没有一线光亮的洞穴，无边的黑暗浸满他的意识，柯林斯的腿上覆压着巨石，仅可容身的小穴如同绳索捆绑着他，他全身无法动弹，能动弹的只有他的思维。孤独、绝望、疼痛、无助，很容易将一个人的精神击垮。

正当人们想尽一切办法，营救这位不幸的落难者时，一名叫米勒的记者五次深入洞穴，并以细腻的笔触写出了自己目睹的一切，为人们记录下了这位落难者在生死面前如何保持着做人的尊严及其内心痛苦与顽强的挣扎。

地面上的每一寸都是水，每前行一步，都不得不像蛇一样地蠕动。当记者米勒试图挤进柯林斯受困的小洞，“疼——太疼了！”柯林斯恳求米勒放弃这样的努力，柯林斯躺着，向左侧斜着，以致他的左脸颊触到了地面，两只胳膊牢牢地卡在他身边石头的缝隙里，像一位钉在十字架上的受难者，这样的姿势，他不得不一直保持着。

他的脸上盖着一块油布，记者米勒试图把它揭开。“放回去，”他说，“放回去——水！”米勒才注意到，水一滴滴地从顶部的岩面上滴下来，每一滴都打在柯林斯的脸上，最初的几个小时，柯林斯并不介意，可是，随后持续不断的水滴几乎让他疯狂起来。后来柯林斯的弟弟给他带来一块油布。此情此景，让人想起旧时的水牢，再坚强的人，也会不寒而栗。而柯林斯，坚持了十九天。

一次次的营救失败，终于有一次，柯林斯面对着米勒，这位身高只有1.57米、体重仅54公斤的好心记者，真诚而又不是调侃地开起了玩笑：“喂，伙计，你最好出去暖和暖和。不要回来了，你这么瘦小，我相信你是不能把我弄出去的。”此刻，最需要帮助的人，依然乐观，一如既往地关心着他人，关心着眼前来帮助他的瘦小记者。

柯林斯没有任何额外要求，但他郑重地要求在他的头顶放置一盏灯。灯光如豆，可是，微弱的光，在这位地下探险者的心里，成为永存希望的火种，成为挑战黑暗环境和冷酷陷阱的象征。无论身处怎样的绝境，那永不输给貌似强大的灾难。十九天后，柯林斯离去，这盏灯仍然亮着……

柯林斯离去了，美国一位叫詹金斯的传教士为柯林斯做了一首缅怀的歌——《弗洛伊德·柯林斯之死》，歌词唱道："我们都知道的一个青年\有着白皙英俊的脸庞\真诚而勇敢的心肠\他的身躯正在沉睡\沉睡在那个荒凉的砂岩洞里。"听歌者无不落泪。

置身绝地，是对精神的强度与韧性最好的考验，在困厄面前，如何保持人的尊严？这对每个人来说，都是个问题。当我们面对世界的劫难感到忧伤时，柯林斯的不屈灵魂来到我们身边，在生命的琴弦上弹奏他隐忍的悲歌，安慰那些哭泣的人们。

苍鹰的翅膀有可能被突如其来的狂风暴雨摧折，可是，它临终的眼里，倒映的仍然是广阔的天空。那颗顽强的心脏，跳动的是厄运无法征服的刚劲旋律。肉体死了，灵魂将再一次准备起飞。

原载于《中国青年》